Jürgen Kehrer

Gottesgemüse

Kriminalroman

grafit

Der Autor:

Jürgen Kehrer wurde 1956 geboren und später Diplompädagoge. Als Journalist ist er dem Leben seit 11 Jahren auf der Spur, als langjähriger Kenner der guten und weniger guten Gesellschaft der Bischofsstadt Münster mußte er fast zwangsläufig Krimiautor werden.

Das vorliegende Buch ist der dritte Krimi mit dem von Neurodermitis geplagten Privatdetektiv Georg Wilsberg. Über den Erstling „*Und die Toten läßt man ruhen*" (1990) urteilte Leo's Magazin: „*Eine Story vom Feinsten ... garantiert unmoralisch und zynisch, antibürgerlich und unsozial, aber nicht dumpf-gewalttätig, dafür jedoch dramaturgisch perfekt bis aufs i-Tüpfelchen.*" – „*Alles, was zu einem guten Krimi gehört*" lautete das Fazit des Szenemagazins „Schnüss" über Kehrers zweiten Krimi „*In alter Freundschaft*" (1991). Der Autor steuerte außerdem die Geschichte „*Killerehre*" zum Sammelband „*Good bye, Brunhilde*" (1992) bei. Alle Titel erschienen im GRAFIT Verlag, Dortmund.

GrafiTäter und GrafiTote

Wellinghofer Str. 205
D-4600 Dortmund 30

Umschlaggestaltung: Christiane Wolf
Satz: Knipp Text und Bild digital
Druck und Bindearbeiten: Fuldaer Verlagsanstalt
ISBN 3-89425-026-7

„Ich sitze nochmals auf den Uferblöcken und rauche nochmals eine Zigarre – ich filme nichts mehr. Wozu! Hanna hat recht: nachher muß man es sich als Film ansehen, wenn es nicht mehr da ist, und es vergeht ja doch alles -

Abschied."

Max Frisch

I

Draußen tobte ein Schneesturm, der den historisierenden Giebeln des Prinzipalmarktes Pappnasen aufsetzte. Flüchtende Einkäufer rutschten über das Kopfsteinpflaster, und die Busse der Stadtwerke zermalmten den Schnee zu gräulich breiiger Pampe. Ich stand am Fenster, genoß die Wärme meines gut temperierten Büros und dachte an die Tage, an denen mich mein negativer Kontostand gezwungen hatte, mir wegen eines läppischen Auftrags nasse Füße und eine chronische Bronchitis zu holen. Graue Vorzeit.

Die Gegensprechanlage auf dem Schreibtisch schnarrte. „Deine Ex-Freundin Elke ist am Telefon", sagte Sigi, die Sekretärin.

Ich drückte auf den Knopf. „Ich bin nicht da."

„Sie hat heute schon zweimal angerufen."

„Egal. Sag ihr, ich wäre auf einer Dienstreise."

Sigi äußerte grummelnden Protest, doch das Telefon blieb stumm.

Seit einem halben Jahr leistete ich mir den Luxus einer Sekretärin, den Luxus eines großzügigen und gut möblierten Büros direkt am Prinzipalmarkt, schräg gegenüber vom Rathaus, und den Luxus, nur die Aufträge anzunehmen, die mir passen. Mit Recherchen und Handlangerdiensten beauftrage ich freischaffende Privatdetektive, meist abgehalfterte und übel beleumdete Polizisten, die sich für zwanzig Mark pro Stunde bei Nacht und Nebel die Beine in den Bauch stehen. Das Ergebnis ihrer mühseligen Kleinarbeit präsentiere ich dann in einem aufwendigen Abschlußbericht auf edlem Papier. Das richtige Ambiente bringt die richtigen Kunden, und allmählich bekomme ich die Aufträge, die mich in der Sparkasse bis in die oberste Etage führen.

Der Glücks- war eigentlich ein Trauerfall. Willys Onkel, der sich vor dreißig Jahren in die schottischen Berge zurückgezogen hatte und von der Familie vergessen worden war, hatte sich eines Tages unbemerkt aus dem Leben verabschiedet. Erst im nachhinein stellte sich heraus, daß der alte Herr über ein beträchtliches Vermögen verfügte. Und das hatte er, kinderlos wie er war, einem einzigen Erben vermacht, seinem Patenkind Willy.

Willy, Geschäftsführer und zehnprozentiger Anteilseigner unseres gemeinsamen Second-Hand-Kaufhauses im Bahnhofsviertel, erfüllte sich mit dem Geld einen Lebenstraum, nämlich die restlichen neunzig Prozent zu kaufen, damit er endlich alleine schalten und walten konnte. Ich verkaufte sie ihm gerne, denn das Verhältnis zwischen Willy und mir war seit langem nicht mehr das, was es früher einmal war. Außerdem hatte ich mich in dem Kaufhaus nie so wohl gefühlt wie in meinem alten Briefmarken- und Münzladen; und als Willy dann noch durchsetzte, daß die angeblich unrentablen Briefmarken und Münzen aus dem Erdgeschoß des Kaufhauses in die hintere Ecke der zweiten Etage verbannt wurden, beschränkte sich mein Spaß am Kaufhausbesitzen auf die Durchsicht der monatlichen Bilanzüberschüsse.

Also nahm ich Willys Geld, räumte das Büro in dem ungeliebten Kaufhaus und etablierte mich am Prinzipalmarkt als gutsituierter und angesehener Privatdetektiv, dem man bald die Aufnahme in den örtlichen Golfclub nicht mehr verweigern kann.

Die Gegensprechanlage schnarrte wieder. „Eine Frau Kunstmann ist hier und möchte Sie sprechen."

Wenn Klienten im Raum sind, verwendet Sigi das seriöse ‚Sie'.

„Lassen Sie sie bitte herein!" antwortete ich. Normalerweise spielen wir das Herr-Wilsberg-ist-sehr-beschäftigt-Spiel, aber ich langweilte mich bereits seit zwei Stunden.

Sigi öffnete die Tür und schenkte mir ein komplizenhaftes Lächeln. Den Grund dafür sah ich eine Sekunde später. Frau Kunstmann war die Klientin, von der Privatdetektive träumen, wenn sie in vereisten Autos sitzen und kaltgewordenen Kaffee schlürfen.

So unbeeindruckt wie möglich stand ich auf und gab meiner Stimme jenen Klang, den Psychologen und Rechtsanwälte zu ihrem wichtigsten Kapital zählen: „Guten Tag. Georg Wilsberg."

„Anja Kunstmann."

Wir gaben uns die Hände, und ich erwischte einen Blick ihrer blaugrünen Augen.

„Darf ich Ihnen Ihren Mantel abnehmen?" erkundigte ich mich, während ich aus den Augenwinkeln sah, daß Sigi sich köstlich amüsierte.

„Frau Bach, könnten Sie uns bitte zwei Tassen Kaffee bringen!" sagte ich und drückte Sigi den Mantel in den Arm. Dann geleitete ich Anja Kunstmann zu der kleinen Gesprächsecke mit den zwei Lederfreischwingern und dem Rauchtisch.

Sie kramte in ihrer Handtasche herum und brachte ein silbernes Zigarettenetui zum Vorschein. Als sie die Zigarette schon im Mund hatte, erschrak sie fast wegen ihrer Unhöflichkeit.

„Darf ich rauchen?"

„Natürlich." Ich nahm eine gestopfte Pfeife aus dem Regal. Bei schwierigen Fällen macht sich so etwas gut.

Das Anzünden, Stopfen und wieder Anzünden der Pfeife gab mir Gelegenheit, sie durch die Rauchschwaden zu mustern. Sie trug einen dunkelgrauen Pullover und darauf eine Goldkette mit Anhänger. An ihrem länglichen Gesicht gab es nichts, was die Regeln der Symmetrie und Schönheit gebrochen hätte. Die Haare wurden von einem Ring zusammengehalten. Sie hatten die Farbe feuchten Sandes, weder blond noch braun, aber von allem etwas. An den Fingern, die nervös über die schwarze Jeanshose strichen, glitzerten Ringe.

„Was führt Sie zu mir, Frau Kunstmann?" fragte ich.

„Ich habe Vertrauen zu Ihnen", sagte sie.

Ich guckte sie erstaunt an: „Wieso?"

Sie lächelte, als hätte sie mich dabei erwischt, wie ich mir versehentlich Zahnpasta in die Haare schmiere. „Das steht in Ihrer Anzeige in den Gelben Seiten: ‚Haben Sie Vertrauen zu mir!'"

Nun mußte auch ich grinsen.

„Oder darf man etwa kein Vertrauen zu Ihnen haben?"

„Sie dürfen unbegrenztes Vertrauen zu mir haben, Frau Kunstmann. Aber gibt es außerdem noch etwas, was ich für Sie tun kann?"

Sie sah mich intensiv an. „Mein Mann ist verschwunden. Er war zu einem Kurs in Großbritannien und ist nicht mehr zurückgekommen."

„Und Sie haben nichts von ihm gehört?"

„Nein. Der Kurs sollte zwei Wochen dauern. Eigentlich hätte er vor zehn Tagen wieder zu Hause sein müssen."

„Haben Sie sich in Großbritannien nach ihm erkundigt?"

„Ja. Man sagte mir, er habe den Kurs planmäßig beendet und sei abgereist."

Sigi kam herein und stellte ein silbernes Tablett mit zwei Tassen Kaffee auf dem Rauchtisch ab.

Ich sagte: „Bitte in der nächsten halben Stunde keine Telefonanrufe, Frau Bach!"

„Selbstverständlich, Herr Wilsberg", antwortete sie und trat mir dabei absichtlich auf den linken Fuß.

Ich verzog keine Miene.

„Waren Sie schon bei der Polizei?" wandte ich mich wieder an meine potentielle Klientin.

„Nein."

„Warum nicht? Sie hätten eine Vermißtenanzeige aufgeben müssen."

„Ich glaube, ich weiß, wo er ist."

Mir schwante Böses. Den Ehemann von der häßlichen Geliebten loszueisen und ihn zu der schönen Ehefrau zurückzubringen, gehört zu den undankbarsten Aufgaben eines Privatdetektivs.

„Und wo ist er?"

Sie nahm einen Schluck Kaffee, um Zeit zu gewinnen. „Das ist eine lange Geschichte, Herr Wilsberg."

„Mein Stundenhonorar beträgt fünfzig Mark. Aber nur, wenn ich den Auftrag annehme."

„Ja, natürlich. Ich dachte nicht, daß Sie umsonst zu haben sind." Sie warf mir wieder einen blaugrünen Blick zu.

„Mein Mann ist Astrophysiker, genauer gesagt: Professor für Astrophysik an der Universität Münster. Ich habe bei ihm studiert. Nach meinem Diplom haben wir geheiratet. Zwei Kinder, ein Reihenhaus in Sprakel, für die Nachbarn sind wir eine glückliche Familie."

„Sie brauchen nicht in Steno zu reden, Frau Kunstmann. Soviel Zeit muß sein."

„Das waren nur die Daten. Das Problem liegt woanders. Es heißt KAP, Kirche für angewandte Philosophie."

Ich erinnerte mich dunkel an einen Fernsehbericht. „Diese Sekte?"

„Ja. Vor drei Jahren kam er mit der KAP in Berührung. Ein Kollege erzählte ihm, daß er durch die KAP den Sinn seines Lebens gefunden habe. Aus Neugierde besuchte mein Mann einen Trainingskurs, dann noch einen und noch einen. Nach einiger Zeit war er ganz begeistert und versuchte mich davon zu überzeugen, daß ich auch Training machen solle. Ich wollte nicht. Ein paarmal bin ich mit ihm zum Studienzentrum der Kirche gefahren, aber die Leute dort gefielen mir nicht. Die Trainings kosten eine Menge Geld, und Mitglieder werden gedrängt, immer höhere Summen zu spenden. Mir kam das so vor, als ginge es nur darum, den Leuten Geld aus der Tasche zu ziehen. Martin wollte davon nichts hören. ‚Ich habe Erfolge', sagte er immer wieder. ‚Ich bekomme mein Leben besser in den Griff.' Angeblich wird man frei von seelischen Leiden und schmerzhaften Erinnerungen, wenn man nur lange genug Training macht. Ich bekam Angst, weil er immer abhängiger von der Kirche wurde. Er begann, sich in allem nach den Vorschriften der Kirche zu richten. Seine Trainingsleiterin sagte ihm, was er zu tun und zu lassen habe. Fast seine ganze Freizeit verbrachte er im Studienzentrum. Ich glaube, er verkaufte sogar Bücher und sprach Leute auf der Straße an. Nach und nach entfremdete er sich von mir und den Kindern. Er machte seine Arbeit, weil er das Geld für die Trainings verdienen mußte, aber er verlor jeglichen Ehrgeiz. Sein Ziel war, den Zustand der ‚Freiheit' zu erreichen. Ich beschwor ihn, damit aufzuhören. Er lachte mich aus. ‚Du weißt nichts', sagte er. ‚Du bist nicht besser als das Gemüse im Garten.' Wir konnten nicht mehr miteinander reden. Ich nehme an, daß ihm die Kirche empfohlen hat, mich zu ignorieren. Die Kirche betrachtet Familienangehörige, die ihr skeptisch gegenüberstehen, als Feinde."

Sie saugte heftig an der zweiten Zigarette. Ihre Augen waren etwas feucht geworden.

„Ich habe ihm angeboten, uns scheiden zu lassen. Er lehnte ab. Mir blieb nichts anderes übrig, als so weiterzumachen wie bisher. Womit hätte ich den Lebensunterhalt für die Kinder und mich verdienen sollen? Ich habe meinen Beruf nie ausgeübt. Finanziell war ich immer abhängig von meinem Mann."

Ich unterdrückte den Impuls, ihre Hand zu nehmen und sie eine Zeitlang festzuhalten. „Was soll ich tun?"

„Holen Sie ihn da raus! Ich bin sicher, daß er alles aufgegeben hat und nur noch für die Kirche leben will."

„Haben Sie eine Ahnung, wo er sich im Moment aufhält?"

Sie zuckte mit den Schultern. „Vielleicht ist er noch in Großbritannien. Oder in einem Zentrum der KAP in Deutschland."

Ich lehnte mich zurück und nuckelte an meiner Pfeife. „Ich brauche mehr Informationen über die Kirche für angewandte Philosophie und ein Bild Ihres Mannes."

Der Glanz in ihren Augen hätte den härtesten Privatdetektiv weich gemacht. „Sie nehmen den Auftrag an?"

„Eigentlich bin ich ja auf Wirtschaftskriminalität spezialisiert. Aber in Ihrem Fall mache ich vielleicht eine Ausnahme."

Sie beugte sich über ihre Handtasche und zog ein Scheckheft heraus. „Am Geld soll es nicht liegen. Noch habe ich genug davon."

Abwehrend hob ich die Hände. „Nicht so schnell, Frau Kunstmann. Geben Sie mir ein paar Stunden Bedenkzeit! Sie sind nicht die einzige Auftraggeberin unserer Detektei. Ich muß das mit meinen Mitarbeitern abstimmen."

Das stimmte nur zur Hälfte, aber sie sollte nicht den Eindruck gewinnen, daß ich auf sie gewartet hatte.

Enttäuschung machte sich auf ihrem Gesicht breit, und schnell setzte ich hinzu: „Geben Sie mir Ihre Telefonnummer! Sobald ich das Organisatorische geregelt habe, setze ich mich mit Ihnen in Verbindung."

„Wann wird das sein?"

„Vielleicht schon heute nachmittag."

Wir standen auf und gingen zur Tür. Mitten im Raum blieb sie plötzlich stehen und sagte: „Ich freue mich darauf, von Ihnen zu hören."

Eine Sekunde lang machte sie mich sprachlos.

„Was liegt diese Woche noch an?" fragte ich Sigi, als Anja Kunstmann entschwunden war.

Sigi blitzte mich an. „Will der große Detektiv den Fall selbst übernehmen?"

„Koslowski oder Eger eignen sich jedenfalls nicht dafür."

„Erzähl!" forderte Sigi.

Ich gab ihr eine Kurzfassung des Gespräches. Sigi wiegte zweifelnd den Kopf.

„Die KAP ist ziemlich gefährlich. In der letzten Zeit stand einiges in den Zeitungen. Die betreiben mit ihren Mitgliedern so eine Art Gehirnwäsche. Da jemanden rauszuholen, dürfte so gut wie unmöglich sein."

„Es kommt auf den Versuch an."

„Du meinst, bei *der* Klientin?"

„Sigi, ich glaube, du siehst mich zu eindimensional."

„Männer sind eindimensional."

Ich räusperte mich. „Wolltest du mir nicht sagen, welche Termine ich diese Woche habe?"

„Freitag morgen bist du mit Dr. Gross, dem Vorstandsmitglied der Sächsischen Versicherung, verabredet. Es geht um den Juwelier, der vermutlich sich selbst beklaut hat."

„Hat sich Koslowski inzwischen gemeldet?"

„Nein. Aber ich kann dir jetzt schon sagen, was der Juwelier heute gemacht hat: Er ist von seinem Haus zu seinem Laden gefahren, um achtzehn Uhr dreißig fährt er dann ohne jeden Umweg zurück."

„Und nachts schläft er", ergänzte ich. Für den Nachtdienst war Eger zuständig. Tagsüber überwachte Koslowski die Zielperson.

„Na gut. Vielleicht tut sich ja bis Freitag morgen etwas. Was gibt es sonst noch?"

„Der Steuerberater möchte bis Freitag die Dezemberbuchführung haben."

„Kannst du das nicht erledigen?"

„Wenn du mir die Belege gibst, die in deinem braunen Aktenkoffer sind."

„Genau, der braune Aktenkoffer. Den habe ich gestern schon gesucht. Ich werde heute abend noch mal bei mir zu Hause nachgucken."

„Abgesehen von diesen Kleinigkeiten", sagte Sigi und dehnte dabei ihre Worte, „kannst du dich Frau Kunstmann widmen."

Sechzig Minuten später griff ich zum Telefon.

II

An diesem Nachmittag brach in Münster das Chaos aus. Innerhalb von einer halben Stunde fiel so viel Schnee vom Himmel, daß die Räumfahrzeuge zusammen mit allen anderen Autos im Stau steckenblieben. Von der Innenstadt nach Sprakel – eine Strecke, für die man normalerweise zehn Minuten benötigt – brauchte ich anderthalb Stunden.

Endlich rutschte ich in die Straße, in der die Kunstmanns wohnten. Männer und Frauen waren emsig damit beschäftigt, die Bürgersteige freizuschieben. Niemand wollte die Schadensersatzklage eines zu Fall gekommenen Spaziergängers riskieren. Vor dem Haus der Kunstmanns türmten sich die Schneemassen. Frau Kunstmann hatte offensichtlich andere Sorgen.

Ich ließ meinen BMW in Richtung Bürgersteig gleiten und stieg aus. Drei Sekunden nach meinem Läuten öffnete Anja Kunstmann die Tür.

„Bei diesem Wetter habe ich nicht mehr mit Ihnen gerechnet.“

„Wenn sich ein Detektiv schon vom Wetter aufhalten läßt, sollte er lieber den Beruf wechseln.“

Sie lachte ein kurzes, dunkles Lachen. Es paßte nicht ganz zu ihrem biederen Aussehen.

„Kaffee, Tee oder etwas Alkoholisches?“

„Tee“, sagte ich.

Ich folgte ihr in die Küche und lehnte mich gegen den

Türrahmen, während sie einen Kessel mit Wasser aufsetzte und die Teekanne präparierte.

„Die Stille ist für mich ganz ungewohnt. Meistens tobt eine Horde Kinder durch das Haus. Ich habe Lisa und Johannes zu meiner Mutter gebracht. Sie glauben, daß ihr Vater auf einer Dienstreise in Amerika ist. Ich möchte nicht, daß sie beunruhigt werden."

Sie drehte sich zu mir um. „Gehen wir doch ins Wohnzimmer. Da ist es gemütlicher."

Das Wohnzimmer war, abgesehen von einer hellen Polstergarnitur, sparsam möbliert. An einer Wand streckte Albert Einstein seine Zunge heraus, an der anderen stand ein schwarzer Regalschrank mit Fernseher, Video- und HiFi-Anlage und ein paar Büchern. Eine Glasfront öffnete den Blick auf einen kleinen Garten, in dem man unter den Schneemassen die Umrisse eines Sandkastens und einer Schaukel erkennen konnte.

Wir setzten uns so, daß ein Glastisch zwischen uns stand. Ich tastete nach der Schachtel Zigarillos in meiner Jackentasche, verzichtete aber darauf, sie herauszuholen. Mit Zigarillorauch macht man sich schnell unbeliebt.

Sie öffnete ihr Zigarettenetui und hielt es mir entgegen: „Möchten Sie?"

Dankbar nahm ich an.

Ich dachte noch über eine sinnvolle Eröffnungsfrage nach, als der Wasserkessel zu pfeifen begann. Anja Kunstmann verschwand in der Küche und kehrte nach zwei Minuten mit der Teekanne, zwei Tassen und einem Topf Honig zurück.

„Ich weiß zu wenig über die Kirche für angewandte Philosophie", sagte ich. „Erzählen Sie mir mehr davon!"

Sie seufzte. „Notgedrungen bin ich zu einer Expertin geworden. Ich habe sogar mit dem Sektenbeauftragten der Katholischen Kirche gesprochen." Der Ansatz eines

Lächelns überflog ihr Gesicht. „Er hat mir geraten, fest zu meinem Mann zu stehen. Der Glaube würde ihn auf den rechten Weg zurückbringen."

Sie entfernte imaginären Staub von der Glasplatte. „Die Kirche für angewandte Philosophie ist von einem Amerikaner namens Ross W. Stocker gegründet worden. Er war Science-fiction-Schriftsteller, ein ziemlich erfolgreicher sogar. Angeblich ist er auch Mitglied eines satanistischen Ordens gewesen. Irgendwann, Anfang der Fünfziger Jahre, erfand er das ‚Geistige Training'. Er behauptete, daß er die Mechanismen entdeckt habe, nach denen der menschliche Geist funktioniere, und daß es eine einfache Methode gebe, mit der alle seelischen Probleme beseitigt werden könnten. Er trat öffentlich auf und demonstrierte das Geistige Training an Versuchspersonen. Tatsächlich muß es eine gewisse Wirkung gezeigt haben, denn bald scharten sich zahlreiche Anhänger um Stocker.

Natürlich bekam Stocker auch Ärger. Vor allem Psychologen und Psychiater bezeichneten ihn als Scharlatan und verlangten, daß er das Geistige Training einstellen solle. Als der Wirbel in den Vereinigten Staaten zu groß wurde, setzte sich Stocker nach England ab. Mit dem inzwischen verdienten Geld kaufte er südlich von London ein großes Schloß. Dort gründete er 1959 die Kirche für angewandte Philosophie."

„Dann gab es das ‚Geistige Training' also schon vor der Kirche?"

„Sicher. Zunächst hatte das Ganze überhaupt keinen religiösen Charakter. Stocker verstand sich als Therapeut. Er ‚trainierte', wie er es nannte, Neurosen und psychosomatische Störungen. Allerdings gab es von Anfang an merkwürdige Elemente in seiner Lehre. So meinte er, daß er auch vorgeburtliche Störungen trainieren könne. Und kurz darauf verkündete er, daß er eine

Störung aus einem früheren Leben eines Patienten trainiert habe.

Kritiker sagen, Stocker habe die KAP nur gegründet, um Steuern zu sparen. Religiöse Vereinigungen genießen steuerrechtliche Vorteile. Außerdem sind die staatlichen Kontrollen nicht so scharf.

Jedenfalls war die Gründung der KAP für Stocker ein voller Erfolg. Anhänger von ihm gründeten KAP-Zentren in Westeuropa und den Vereinigten Staaten. Mittlerweile gibt es weltweit mehrere Millionen Mitglieder.

Der Trick, mit dem man auf Mitgliederfang geht, ist simpel, aber wirkungsvoll. Wer sich für Stocker und das Geistige Training interessiert, bekommt einen Fragebogen, den er ausfüllen soll. Als Ergebnis kommt heraus, daß er schwere geistige Störungen hat. Doch die Rettung wird gleich mit angeboten: Sie heißt Geistiges Training. Erst nach mehreren Trainingskursen fängt der Trainer an, Druck zu machen. Es reiche nicht aus, nur zu trainieren, man müsse auch für die Kirche aktiv werden."

Sie sagte das alles ruhig und sachlich, so, als rede sie über die Vorbereitungen für die nächste Gartenparty.

„Woher haben Sie diese Informationen? Von Ihrem Mann?"

Sie lachte wieder das kurze und dunkle Lachen. „Mein Mann ist von der KAP begeistert. Als ich anfing, mir Sorgen zu machen, habe ich mir Bücher über die KAP besorgt. Kritische Bücher. Ich wollte, daß Martin sie liest, aber er hat mich nur ausgelacht. ‚Alles Lüge', sagte er. ‚Die Bücher sind von bösen Menschen geschrieben worden, die der KAP schaden wollen.'"

Draußen hatte die Dämmerung eingesetzt, und der Raum lag bereits im Halbdunkel. Anja Kunstmann schien das nicht zu bemerken.

„Wie funktioniert das Geistige Training?" fragte ich.

„Es ist ein Frage-und-Antwort-Spiel, das nach genau festgelegten Regeln erfolgt. Der Trainer führt den ‚Unfreien', so heißt das in der KAP-Sprache, zu einer Erinnerung, die negativ besetzt ist. Dann durchläuft der Unfreie diese Erinnerung immer wieder, bis sie ihren unangenehmen Charakter verliert. Es gibt verschiedene Trainingskurse, die aufeinander aufbauen. Insgesamt sieben. Wer den siebten Trainingskurs besteht, hat den Zustand der ‚Freiheit' erreicht. Er ist dann angeblich frei von schmerzhaften Erinnerungen und seelischen Leiden. Darüber gibt es die Klassen der Geistwesen."

„Die was?"

„Geistwesen Klasse I bis Klasse XII. Als viele seiner Anhänger den Zustand der Freiheit erreicht hatten, mußte sich Stocker etwas Neues einfallen lassen. Also erfand er die Geistwesen. Ein Geistwesen Klasse XII soll sich außerhalb seines Körpers bewegen und Telekinese betreiben können."

„Hat das schon mal jemand gesehen?"

„Nur KAP-Mitglieder aus dem inneren Führungszirkel."

„Auf welcher Stufe befindet sich Ihr Mann im Moment?"

„Er hat den Zustand der Freiheit erreicht und ist nach England gefahren, um zum Geistwesen Klasse I zu werden."

„In dem Schloß südlich von London?"

Sie nickte. „Die Geistwesen-Kurse finden ausschließlich dort statt."

„Lebt Stocker eigentlich noch?"

„Nein. Offiziell wurde er vor fünf Jahren für tot erklärt. Vermutlich ist er viel früher gestorben."

Plötzlich sprang sie auf. „Entschuldigen Sie bitte! Ich lasse Sie hier im Dunkeln sitzen."

„Darf ich Ihnen etwas zu essen anbieten?" fragte sie von der Tür aus.

Ich blinzelte in das grelle Licht. „Nein, danke. Ich würde gerne mehr über Ihren Mann erfahren. Wo bewahrt er seine Unterlagen auf?"

„Sein Arbeitszimmer ist oben", sagte sie und zeigte auf die Wendeltreppe.

Das Arbeitszimmer von Professor Kunstmann sah aus wie jedes x-beliebige Arbeitszimmer: überfrachtet mit Büchern und Aktenordnern, auf dem Schreibtisch stand ein Computer, und in den Ecken lagen Stapel vergilbter Papiere. Das einzig Auffällige war das Bild eines Mannes um die sechzig, mit vollem blondem Haar und rosigen Wangen, das an der Wand über dem Schreibtisch hing. Unter dem Bild befand sich ein Kreuz mit merkwürdigen Zacken.

Ich betrachtete den Mann genauer. Er war mir unsympathisch.

„Ist das Stocker?" fragte ich Anja Kunstmann, die hinter mir stand.

„Ja. In der KAP heißt er nur ‚Unser Ross'. Er wird verehrt wie ein Gott."

Ich drehte mich um. „Gibt es so etwas wie eine Lehre der KAP? Oder ist das Geistige Training die einzige Botschaft?"

Sie stieß Luft durch die Nase. „Als Stocker und seine Jünger die KAP gründeten, haben sie sich auch ein paar Glaubensgrundsätze überlegt. Aber die sind ziemlich vage. Am Anfang bezeichnete sich die KAP als christliche Kirche, neuerdings heißt es in den Publikationen, man stünde dem Buddhismus nahe. Einen Gottglauben gibt es jedenfalls nicht. Der oberste Grundsatz lautet: ‚Es gibt keinen Gott außer dem, der in dir selber wohnt.'

Tatsächlich ist der da der Gott." Sie nickte zu dem Bild hinüber. „Was Stocker gesagt hat, ist die absolute

Wahrheit. Wenn ein Mitglied an den Worten Stockers zweifelt, fällt es in Ungnade."

„Wie kann man einem solchen Typen vertrauen?"

Sie zuckte mit den Schultern. „Das dürfen Sie mich nicht fragen. Ich habe es nie getan."

Sie ging zu einem Regal und zog nach kurzem Suchen ein Buch heraus. „Wenn Sie mehr wissen wollen, sollten Sie das hier lesen! Es ist Stockers grundlegendes Werk. In der KAP heißt es ‚Buch Eins'."

Ich nahm das Buch in die Hand. Der Einband zeigte eine Flutwelle. Der Titel lautete: „Geistiges Training. Die Wissenschaft der angewandten Philosophie." Es hatte fünfhundert engbedruckte Seiten. Ich wußte schon, daß ich es nicht lesen würde.

Ich legte das Buch auf den Schreibtisch. „Darf ich mich hier ein wenig umsehen?"

„Selbstverständlich. Ich warte unten auf Sie."

Als sie gegangen war, nahm ich mir den Schreibtisch vor. Er enthielt eine Menge Universitätskram. In der untersten Schublade entdeckte ich einen Brief der Kirche für angewandte Philosophie. Er war kurz und knapp: „Wir beglückwünschen Sie zu Ihrem Entschluß, den Geistwesen-Klasse-I-Kurs zu machen. Bitte überweisen Sie bis zum 15. Dezember 5000,- DM auf das untenstehende Konto!" Was mußte da erst Geistwesen Klasse XII kosten? Wahrscheinlich war es nur Millionären beschieden, sich außerhalb ihres Körpers zu bewegen.

Der Schreibtisch brachte keine neuen Erkenntnisse, und ich ging zu den Regalen über. Drei Fächer waren der KAP gewidmet. Neben Büchern von Stocker fanden sich Materialien für Trainingskurse und jede Menge Hochglanzbroschüren, in denen lachende Menschen berichteten, wie großartig das Geistige Training sei. Auf der Rückseite der Broschüren stand immer dieselbe Adresse: „KAP-Zentrum Essen. Karlstraße 15."

Mit dem Stocker-Buch und einer Broschüre stieg ich zum Wohnzimmer hinab. Anja Kunstmann saß im Sessel und rauchte.

„Haben Sie etwas gefunden?"

„Nichts von Bedeutung. Mir ist aufgefallen, daß in allen Broschüren eine Adresse in Essen abgedruckt ist."

„Das ist das nächste KAP-Zentrum. Mein Mann hat dort sein Training absolviert."

„Könnte es sein, daß man in Essen etwas über ihn weiß?"

„Schon möglich. Aber die sagen mir nichts. Ich bin als Feind der Kirche eingestuft worden."

„Gut. Dann werde ich morgen mal da anfangen. Sie hören von mir."

Sie stand auf und blieb vor mir stehen. Die ganze Zeit über hatte sie vermieden, mich anzusehen. Jetzt tat sie es. Sie flüsterte fast: „Ich habe Angst."

Vorsichtig legte ich eine Hand auf ihre Schulter. „Ich kann Ihnen nichts versprechen. Aber ich werde versuchen, Ihren Mann zu finden."

Ohne Vorwarnung lehnte sie sich gegen meinen Oberkörper. Sie roch nach Parfüm und Frau.

„Ach, übrigens", sagte sie an der Tür, „hier ist ein Foto meines Mannes. Das werden Sie doch sicher brauchen."

Auf dem Weg zum Auto betrachtete ich das Foto. Martin Kunstmann sah aus wie John F. Kennedy mit Brille.

Die Rückfahrt schaffte ich in einer Stunde. Ich fuhr direkt nach Hause. Während ich krümeliges, drei Tage altes Vollkornbrot mit den Resten aus dem Kühlschrank belegte, hörte ich den Anrufbeantworter ab. Der erste Anrufer war Thomas, der mich zu einem Glas Bier einlud. Die zweite war Elke, die mich wüst beschimpfte.

III

Die Karlstraße liegt im Essener Stadtteil Borbeck, mitten in der neugeschaffenen Fußgängerzone, die mit einer italienischen Piazza soviel Ähnlichkeit hat wie ein Espresso mit einer Tasse Muckefuck. Sie beginnt in der Weite des Raumes zwischen einem Kaufhaus und der Post, unmittelbar hinter einem Betonblumenkübel, der aus verständlichen Gründen leer war.

Ich klappte den Stadtplan zusammen und stapfte über den aschebesprenkelten Schnee, dessen schwarzgelbe Farbe die Szenerie nicht munterer machte.

Das Haus Nummer fünfzehn sah aus wie ein stinknormales Bürohaus, jedenfalls nicht wie eine Kirche. Auf der grauen Fassade prangte in großen Lettern der Schriftzug „Zentrum für Geistiges Training“. Auf einem kleinen Schild neben der Eingangstür stand: „Kirche für angewandte Philosphie“.

Die Tür war unverschlossen. Ich kam in einen tristen grauen Flur mit einer Treppe auf der rechten Seite. Ein blauer Pfeil wies wortlos nach oben. Ich folgte dem Pfeil und sah mich am Ende der Treppe direkt einem Büchertisch gegenüber. Hinter dem Büchertisch saß ein junger Mann mit gelbem Pullover und franseligem Schnurrbart. Er ließ das Buch, in dem er gerade gelesen hatte, sinken und schaute mich fragend an.

„Guten Tag“, sagte ich, „mein Name ist Georg Wilsberg. Ich interessiere mich für Geistiges Training.“

„Oh ja", antwortete er. „Waren Sie schon einmal bei uns?"

„Nein. Ich bin zum ersten Mal hier."

Er legte das Buch auf den Tisch. Es war von Ross W. Stocker, genau wie alle anderen, die auf dem Büchertisch standen.

„Dann haben Sie sicher auch noch nicht den Fragebogen ausgefüllt?"

Ich verneinte erneut.

„Es dauert ungefähr eine halbe Stunde", sagte er und drückte mir einen Zettel in die Hand. „Sie können sich dort drüben hinsetzen."

Ein paar Meter weiter gab es ein Plastikensemble aus Tischen und Stühlen. Zwei Männer und eine Frau belagerten einen Tisch und aßen Hamburger, die sie offensichtlich aus der nebenan gelegenen Filiale einer weltweit operierenden Fast-Food-Kette geholt hatten. Die Esser nickten mir freundlich zu. Ich grinste zurück.

Der Fragebogen enthielt 198 Fragen. Man konnte sie kreuzchenweise mit „Ja", „Nein" oder „Weiß nicht" beantworten. Manche waren praktischer Natur: „Zahlen Sie Ihre Schulden prompt zurück?" Andere gaben mir zu denken: „Würden Sie auf einen Fasanen schießen?" Und wieder andere gaben mir Rätsel auf: „Bemerken Sie gelegentlich ein Zucken in Ihrer rechten Hand?" Ich beantwortete die Fragen wahrheitsgemäß. Man soll nur lügen, wenn es notwendig ist.

Ich gab dem jungen Mann den Fragebogen zurück, und er sagte: „Oh, schön. Herr Schuster wird ihn gleich auswerten. Warten Sie bitte fünf Minuten!"

Ich setzte mich wieder hin und blickte mich um. An den Wänden zählte ich fünf Portraits von Ross W. Stokker. Manchmal trug er einen Anzug, manchmal Freizeitkleidung. Ansonsten sah er gleich aus. Die Frau am Nebentisch sagte: „Ich erziehe meine Kinder nur nach dem Kindertrainings-Kurs. Es gibt nichts Besseres."

Ich betrachtete meine Fingernägel. Sie waren dreckig. Als ich fast alle gesäubert hatte, kam ein Endzwanziger mit dynamischen Schritten auf mich zu. Er trug Bürstenhaarschnitt, Hemd und Krawatte.

„Hallo! Ich bin Armin Schuster. Sind Sie Herr Wilsberg?"

Ich gestand, und er führte mich einen Gang entlang. Der erste Raum auf der linken Seite hatte keine Tür. Stattdessen hing eine rote Kordel vor dem Eingang. Ein Schild besagte: „Büro Ross W. Stocker".

Schuster wartete auf mich, während er eine Tür aufhielt.

„Hat er mal hier gearbeitet?" fragte ich und zeigte auf das Büro von Stocker.

„Nein. Das ist symbolisch gemeint."

Wir betraten ein kleines, unpersönlich eingerichtetes Büro. An der Wand hing eine Weltkarte mit verschiedenfarbigen Nadeln. Ich vermutete, daß sie die Niederlassungen der KAP anzeigten.

Schuster setzte sich hinter einen Schreibtisch und bot mir einen billigen Bürostuhl an. Er rülpste dezent.

„Darf ich Sie fragen, wie Sie zu dem Entschluß gekommen sind, hierher zu kommen?"

„Ein Bekannter hat mir vom Geistigen Trainung erzählt. Und da dachte ich: Vielleicht solltest du das auch mal ausprobieren!"

„Wie heißt Ihr Bekannter? Ich meine, möglicherweise ist er Mitglied bei uns?"

„Martin Kunstmann."

In seinen Augen blitzte es kurz auf. „Sind Sie ein enger Freund von Martin Kunstmann?"

„Nein, ich kenne ihn nur flüchtig. Auf einer Party hat er von dem Geistigen Training geschwärmt. Eigentlich wollte ich noch mal mit ihm sprechen, bevor ich herkam. Aber seine Frau sagte mir am Telefon, daß er in England sei."

„Ja, er macht dort einen Fortgeschrittenenkurs. Aber nun zu Ihnen, Herr Wilsberg. Ich habe Ihren Fragebogen ausgewertet. Sehen Sie hier!" Auf einem Blatt Papier erkannte ich eine Kurve mit gefährlichen Zacken nach unten.

„Ihr Selbstbewußtsein und Ihre Tatkraft bewegen sich im Normalbereich. Die Probleme liegen woanders." Er zeigte mit einem Kugelschreiber auf die unteren Zakken. „Sie sind depressiv, nervös und bis zur Kontaktunfähigkeit verschlossen."

„So drastisch würde ich das nicht sehen", protestierte ich verhalten.

„Die Selbstwahrnehmung ist immer verzerrt. Aber das ist ein objektiver Test. Wenn Sie die Fragen wahrheitsgemäß beantwortet haben, sind die Ergebnisse auch richtig."

„Hm." Ich schlug die Augen nieder.

„Gab es in der letzten Zeit ein Problem, das Sie besonders bedrückt hat?"

„Nun ja, ich hatte einen Streit mit meiner Freundin. Jetzt sind wir getrennt, mehr oder weniger."

„Und wie würden Sie Ihr Lebensgefühl beschreiben?"

Ich grübelte. „Schwierig. Gedämpfter Pessimismus, würde ich sagen."

„Das ist kein Gefühl, das ist eine Einstellung. Gehen Sie einmal zurück in Ihre Kindheit! Gab es da ein Gefühl, das Ihr Leben bestimmt hat?"

Ich grübelte heftiger. „Kann ich nicht sagen."

Er drehte das Blatt um und malte auf die Rückseite ein Strichmännchen. Über dem Kopf des Männchens schwebte eine Wolke. „Jeder Mensch hat ein Lebensgefühl. Meistens drückt es einen nieder. Erst wenn man das Gefühl erkennt und beseitigt, wird man frei."

„Und durch Geistiges Training erkennt man dieses Gefühl?" fragte ich so naiv wie möglich.

„Genau." Er machte ein Kreuz durch die Wolke. „Geistiges Training führt zum Zustand der Freiheit."

„Deshalb bin ja hier", sagte ich. „Ich möchte Geistiges Training machen."

„Schön." Er rülpste wieder. Irgendwas mit seiner Verdauung stimmte nicht. Oder er hatte einen von diesen Hamburgern gegessen. „Haben Sie ein wenig Zeit? Zufällig beginnt heute nachmittag ein Schnupper-Trainingskurs für Anfänger. Wenn Sie wollen, können Sie gleich mitmachen."

„Ja, das geht. Ich habe ein paar Tage Urlaub."

„Hervorragend. Kommen Sie um kurz vor Zwei, dann erledigen wir die Formalitäten. Anschließend geht's direkt los."

Auf dem Rückweg zum Foyer fragte er mich: „Haben Sie schon das grundlegende Buch von Ross Stocker: ‚Geistiges Training. Die Wissenschaft der angewandten Philosophie'?"

„Nein", log ich.

„Das müssen Sie unbedingt haben. Bis Zwei können Sie ein bißchen darin schmökern."

Der junge Mann am Eingang war überglücklich, daß er mir ein Buch von Stocker verkaufen konnte. Wahrscheinlich brachte ihm das drei Pluspunkte ein.

Die Zeit bis zwei Uhr nutzte ich zu einem kurzen Bummel durch Borbecks Innenstadt und einem ausgiebigen Besuch in einem griechischen Restaurant. In dem Buch von Stocker las ich die biografischen Angaben. Danach hatte Stocker fast alleine den Zweiten Weltkrieg für die Amerikaner gewonnen, anschließend in der Einsamkeit von Alaska gelebt und die besten Science-fiction-Bücher geschreiben, bevor er das Geistige Training entdeckte. Mit der Kirche für angewandte Philosophie war er drauf und dran, die Welt vor dem Untergang zu retten.

Um fünf vor Zwei stand ich wieder vor dem Büchertisch. Statt Armin Schuster nahm mich eine magere Frau mit Bienenkorbfrisur in Empfang. Ich folgte ihr in ein anderes Büro.

„Die Spende für den Schnupper-Trainingskurs und der Jahresbeitrag für die KAP, das macht zusammen einhundertfünfzig Mark. Bitte unterschreiben Sie den Aufnahmeantrag hier!"

„Kann ich nicht zuerst den Kurs machen, bevor ich mich entscheide, ob ich Mitglied werden will?" fragte ich bescheiden.

„Das geht aus rechtlichen Gründen nicht. Wir sind ein eingetragener Verein und dürfen nur an Mitglieder Kurse liefern."

Ich unterschrieb, daß ich weder geisteskrank sei noch jemals ein böses Wort über die KAP verloren hatte. Als die hundertfünfzig Mark in der Schublade verschwunden waren, lächelte sie mich an.

„Ihr Trainer ist Shiba. Sie wartet schon nebenan auf Sie."

Shiba sah nicht aus wie eine Deutsche mit Indientick, sondern wie jemand, der diesen Namen schon länger trägt. Sie war ungefähr zehn Jahre jünger als ich, hatte pechschwarze Haare und einen niedlichen Akzent.

„Das ist Claudia", sagte sie. „Claudia wird in dem Trainingskurs deine Partnerin sein. Mal bist du der Trainer und sie der UF, mal ist sie der Trainer und du der UF."

„Was ist ein UF?" fragte ich.

Shiba kicherte. „UF ist der Unfreie. Bis zum Zustand der Freiheit bist du ein UF."

Claudia sah tatsächlich aus wie eine Deutsche mit Indientick. Sie trug ein wallendes, orangefarbenes Gewand mit Blümchenmuster. Sie war Ende Dreißig und vermutlich hypochondrisch. Nach ihrem Gesichtsausdruck zu schließen, hätte sie einen Inder als Partner vorgezogen.

„Zunächst machen wir Theorie“, verkündete Shiba. „Dann üben wir das Training, und dann trainiert Ihr euch gegenseitig.“

Sie verteilte an Claudia und mich jeweils eine Broschüre, die wir durchlesen sollten. Die Broschüre enthielt eine Menge Zeichnungen im Stil von Aufklärungsbüchern für Kinder und eine kurze Einführung in die Stockersche Theorie. Es wurde erklärt, wie eine schmerzhafte Erinnerung entsteht und was sie mit dem Bewußtsein und dem Unterbewußtsein des Menschen macht. Das einzig Komplizierte daran war, daß Stocker für alles und jedes ein neues Wort erfunden hatte. Anschließend wurden die Grundregeln des Geistigen Trainings erläutert.

Nach einer Stunde fragte Shiba, ob wir alles verstanden hätten, und als wir bejahten, holte sie zuerst Claudia und dann mich in einen Nebenraum.

Auf einem Stuhl saß ein Teddybär und glotzte mich an.

„Das ist der UF“, sagte Shiba. „Du bist der Trainer. Trainiere ihn!“

Ich gab mir alle Mühe, den Teddybär zu trainieren, aber er guckte gleichbleibend dumm aus seinem Pelz.

„So“, strahlte Shiba, als wir wieder zusammen waren, „jetzt dürft Ihr euch gegenseitig trainieren.“

Dazu mußten wir ein paar Treppen hinaufsteigen und uns in einen Verschlag setzen, der durch Holzwände und Teppiche von ähnlichen Kabinen abgetrennt war, in denen, wie am gleichbleibenden Geräuschpegel zu erkennen war, bereits eifrig trainiert wurde.

„Am Anfang ist Georg der Trainer", sagte Shiba. „Nach etwa einer Stunde wechselt Ihr. Wenn Ihr ein Problem habt, sagt es mir! Ich komme ab und zu vorbei."

Zwischen Claudia und mir stand ein schmaler Tisch mit einer Buchstütze. Darauf legte ich die Broschüre, um die Formeln abzulesen: „Schau an die Wand! Wenn ich von eins bis sechs zähle, wirst du die Augen zumachen. Du wirst dich später an alles, was du gesagt hast, erinnern. Wenn die Erinnerung zu unangenehm wird, kannst du das Training abbrechen. Ich zähle jetzt. Eins, zwei, drei, vier, fünf, sechs."

Claudia schloß brav die Augen.

„Versuche jetzt, dich an ein Ereignis zu erinnern, das dir unangenehm ist!"

Claudia öffnete die Augen. „Es heißt nicht ‚Versuche dich zu erinnern', sondern ‚Erinnere dich'."

„Entschuldigung! Erinnere dich an ein Ereignis, das dir unangenehm ist! Indem du mehrmals durch das Ereignis hindurchgehst, wird es seinen unangenehmen Charakter verlieren."

Claudia machte einen Schmollmund und überlegte. „Ich erinnere mich an ein Ereignis aus meiner Kindheit. Ich bin von der Schaukel gefallen und habe mir den Kopf verletzt."

„Sehr gut. Jetzt gehe zum Anfang des Ereignisses zurück!"

„Ich war sieben Jahre alt. Zusammen mit anderen Kindern bin ich auf einen Spielplatz gegangen. Da stand eine Schaukel ..."

Mit dieser und ähnlich niveauvollen Geschichten vertrieben wir uns die nächsten vier Stunden. Dabei mußte der jeweilige Trainer die trainierten Ereignisse in ein Protokollformular eintragen. Ich nahm an, daß die KAP dadurch einen guten Überblick über die intimsten Erlebnisse ihrer Mitglieder bekommt.

Als ich fast alle meine Kindheitsverletzungen ausgebeutet hatte, bedeutete Shiba uns, daß wir aufhören sollten. Auf dem Weg nach unten fragte ich Claudia, ob sie mit mir essen gehen wolle.

„Würde ich ja gerne, aber ich habe noch einen Gesprächstermin."

„Heute abend gibt es einen Vortrag über die angewandte Philosophie von Ross Stocker", sagte Shiba. „Da solltet ihr unbedingt kommen. Es spricht eine Schwester vom Orden des Tempels."

„Was ist das denn?" fragte ich.

Shibas Gesicht zeigte Ehrfurcht. „Die Mitglieder des Ordens widmen ihr Leben ganz der Kirche für angewandte Philosophie."

Ich beschloß, noch ein paar Stunden in Borbeck zu verbringen.

Diesmal wählte ich ein chinesisches Restaurant. Entgegen der Regel, die Alkohol während des Geistigen Trainings verbietet, genehmigte ich mir zwei Bier und einen Reiswein. Das Training war schon hart genug, die Schwester vom Orden des Tempels würde wohl noch härter werden. Außerdem hatte ich noch nichts herausgefunden. Ich sagte mir, daß das Gründe genug seien, die beknackte Regel zu brechen.

Um halb neun mischte ich mich unter die Menschenmenge, die in den Vortragssaal strömte. Ich schätzte sie auf sechzig bis siebzig Personen, anscheinend waren KAPler aus dem gesamten Ruhrgebiet nach Borbeck gekommen. Claudia unterhielt sich angeregt mit einem älteren Mann, also setzte ich mich alleine in die dritte Reihe und betrachtete meine neuen Glaubensbrüder und -schwestern. Die meisten waren zwischen Dreißig und

Fünfzig und sahen so aus, als würde man ihnen bedenkenlos einen Gebrauchtwagen abkaufen. Die Gespräche, soweit ich sie mitbekam, drehten sich um das, was einem im fünften, sechsten und siebten Trainingskurs passiert. Eine ältere Frau hinter mir erzählte stolz, daß sie jetzt immun gegen Atomstrahlen sei, weil sie den sechsten Trainingskurs absolviert habe.

Als die Schwester vom Orden des Tempels den Raum betrat, verstummten die Gespräche schlagartig. Ich hatte eine alte Jungfer mit Dutt erwartet, aber die Schwester war Mitte Dreißig, hatte halblanges blondes Haar und ein hellwaches Gesicht. Sie trug ein schwarzes Kostüm mit einem goldenen, bumerangähnlichen Abzeichen am Revers und darunter eine dunkelgraue Bluse. Offensichtlich hatte der Modeschöpfer der KAP bei der Heilsarmee abgeguckt.

„Hallo! Ich bin Sonja Zimmermann. Mein Rang innerhalb der KAP ist Geistwesen Klasse II. Ich bin zuständig für die Öffentlichkeitsarbeit der Kirche in ganz Deutschland. Außerdem gehöre ich diesem Orden mit den langen Arbeitsverträgen an."

Das Publikum lachte.

„Sie wissen ja, wir haben einen Vertrag über eine Million Jahre unterschrieben, abzuleisten auf der Erde oder anderswo."

Das Publikum lachte wieder. Es mußte einen speziellen KAP-Humor geben.

Da ich nicht gelacht hatte, schaute mich Sonja Zimmermann aufmerksam an. „Ich freue mich, daß wieder neue Mitglieder zu uns gestoßen sind. Für euch wird heute abend manches unverständlich sein. Aber macht euch nichts draus. Das Wichtigste in eurer Situation ist: trainieren, trainieren und nochmals trainieren. Dann kommt alles andere von alleine."

Sonja Zimmermann ließ ihren Blick über das Publikum schweifen. „Was besagt die Philosophie von Ross W. Stocker? Richtig: Jeder Mensch kann den Zustand der Freiheit erreichen. Die Methode dazu ist seit vierzig Jahren der Welt bekannt: Geistiges Training. Viele Menschen haben trainiert oder trainieren immer noch. Inzwischen sind es Millionen. Aber was macht die Mehrheit? Sie will vom Geistigen Training nichts wissen. Sie begnügt sich damit, zur Arbeit zu fahren, eine stumpfsinnige Arbeit zu verrichten, wieder nach Hause zu fahren, sich vor den Fernseher zu setzen und dann zu schlafen. ‚Guten Tag! Wie geht's? Danke gut, und Ihnen?' So läuft doch die Kommunikation. Ist das das Leben von geistigen Wesen? Nein, das ist das Leben von Gemüse, dazu ausersehen, heranzuwachsen und im Suppentopf zu enden."

Sie machte eine tattrige alte Frau nach, und das Publikum schüttete sich aus vor Lachen. Die Zimmermann hob die Hand.

„Machen wir uns nicht lustig über unsere Mitmenschen! Waren wir nicht selbst Gemüse? Haben wir nicht selbst so gelebt, bevor wir die Kirche für angewandte Philosophie entdeckten? Und ist es nicht unsere Aufgabe, das Gemüse zu retten?"

Sie ging zur Seite, wo eine Schiefertafel an der Wand hing. Mit Kreide malte sie ein Hochhaus, ein Auto und ein paar Strichmännchen auf die Tafel. Darunter machte sie einen Strich.

„Das ist die Erde. Hier lebt das Gemüse. Es arbeitet, schläft, arbeitet."

Ein paar Vorlaute kicherten.

„Ross W. Stocker hat die Entdeckung gemacht, daß wir alle, auch dieses Gemüse hier, einmal Geistwesen waren."

Sie malte einige zackige Sterne mit Augen und Mund auf die Tafel.

„Irgendwann, in grauer Vorzeit, sind die Geistwesen auf die Erde gekommen. Ganz langsam, Stück um Stück, Jahrtausend um Jahrtausend, haben sie ihre Fähigkeiten verloren. Sie sind herabgesunken zu Gemüse. Manche sind sogar Kieselsteine geworden. Ross W. Stokker war der erste, der das erkannt hat. Es hat ihn unglaubliche Mühe gekostet. Beinahe wäre er darüber verrückt geworden. Doch mit titanischer Kraft hat er sich gerettet. Er wußte, daß er diese Erkenntnis verbreiten mußte. Dazu hat er die Kirche für angewandte Philosophie gegründet. Und er erfand eine Methode, mit der die Geistwesen wieder rehabilitiert werden können: das Geistige Training.

Zunächst trainierte er einzelne Menschen. Mit großem Erfolg, wie wir wissen. Er perfektionierte die Methode und bildete Trainer aus, die wiederum andere Menschen trainierten. Mittlerweile gibt es Tausende, ja Zehntausende von Geistwesen. Sie haben eine große Macht. Sie können sich außerhalb ihres Körpers bewegen, sie können Dinge tun, von denen ein normaler Mensch nur träumt. Aber reicht das?"

Sie machte eine Kunstpause. Niemand wagte zu husten.

„Nein, es reicht nicht. Denn das Gemüse ist nicht untätig. Es ruiniert die Erde. Es führt Kriege, zerstört die Umwelt, stopft sich mit Drogen voll, bringt sich gegenseitig um. Noch zehn Jahre, vielleicht zwanzig Jahre – und die Erde ist im Eimer. Deshalb genügt es nicht, einzelne Menschen zu trainieren.

Das hat auch Ross W. Stocker gesehen. Und er kam auf einen großartigen Gedanken: Die Erde muß trainiert werden."

Sie fixierte mich mit einem durchdringenden Blick.

„Wer ist der Trainer? Genau! Wir, liebe Brüder und Schwestern, sind der Trainer, die Kirche für angewandte

Philosophie. Wir, und nur wir, sind in der Lage, die Erde zu retten.

Aber dazu brauchen wir Macht, viel Macht. Und Geld, viel Geld, denn unsere Feinde sind reicher und mächtiger als wir. Es liegt an euch, ob wir die Macht erringen. Was ist euch lieber? Das zweite Auto? Das Häuschen im Grünen? Oder die Rettung der Erde? Entscheidet euch! Entscheidet euch bald, denn wir haben nicht mehr viel Zeit! Ich danke euch für eure Aufmerksamkeit!"

Beifall setzte ein, und Sonja Zimmermann lächelte. „Danke, vielen Dank! Aber dankt nicht mir, dankt Ross W. Stocker! Wir machen jetzt eine kurze Pause. Anschließend informiere ich euch über die Geistwesen-Kurse in Schloß Blackhill in England."

Ich wollte mich den anderen anschließen, die den Saal verließen, als Sonja Zimmermann neben mir auftauchte.

„Ach, Herr Wilsberg, dürfte ich kurz mit Ihnen sprechen?"

Ich sagte nicht nein.

„Sie sind heute erst eingetreten, nicht wahr?"

„Der Informationsfluß innerhalb der Kirche funktioniert ja hervorragend", sagte ich.

„Nun ja", sie lächelte knapp, „die Organsisationsleitung vor Ort hat die Pflicht, uns Ordensleute zu informieren. Aber ich wollte Sie etwas anderes fragen. Sie haben gesagt, daß Sie ein Freund von Martin Kunstmann sind."

„Ein Bekannter", korrigierte ich sie.

„Wie dem auch sei, wir haben ihn gefragt, aber er kennt Sie nicht."

„Das ist gut möglich. Ich habe ihn auf einer Party kennengelernt. Da waren auch viele andere Leute. Ich weiß nicht mal, ob ich mich vorgestellt habe."

„Hmm." Sie guckte mich mißtrauisch an. „Wissen Sie, die KAP hat eine Menge Feinde. Nicht nur die anderen Kirchen, die Psychologen und die Psychiater bekämpfen uns, weil sie unsere Konkurrenz fürchten, es gibt auch Journalisten, die sich bei uns einschleichen, um dreckige Geschichten zu schreiben."

„Ich bin Jurist", sagte ich. „Ich arbeite in der Rechtsabteilung eines Kaufhauskonzerns."

„Ich wollte Sie nicht verdächtigen. Aber Sie verstehen, daß wir solche Angaben überprüfen?"

„Natürlich. Das würde ich an Ihrer Stelle auch machen. Wo ist Herr Kunstmann denn im Moment?"

Jetzt hatte ich allen Kredit bei ihr verloren. „Warum wollen Sie das wissen?"

„Aus keinem besonderen Grund. Falls er hier ist, würde ich mich gerne mal mit ihm unterhalten."

Sie verschränkte die Arme. „Er ist nicht hier."

„War ja nur eine Frage. Ich glaube, das mit den Geistwesen-Kursen schenke ich mir für heute. Ich muß erst noch ein bißchen trainieren."

Ihr Blick bohrte sich in meinen Rücken, als ich ging.

IV

Am nächsten Morgen rief ich um neun Uhr im Büro an und fragte Sigi, ob sich in der Juweliersgeschichte etwas getan habe. Sigi verneinte, Koslowski und Eger würden den Juwelier 24 Stunden am Tag beobachten, aber er habe bislang keinen Handschlag unternommen, um die möglicherweise von ihm selbst geklauten Steine an den Hehler zu bringen. Ich sagte, sie solle die Stellung halten, der Fall Kunstmann würde mich noch ein paar Tage in Anspruch nehmen. Sie erzählte etwas von Sekretärinnen, die die Arbeit ihrer Chefs erledigten und wie polnische Putzfrauen bezahlt würden, und ich konterte, daß ich gerade dabei sei, unserer beider Brötchen zu verdienen. Dann zog ich ein weißes Hemd an, band eine Krawatte um und legte meinen dunkelblauen Leinen/Seiden-Anzug an, den ich für besondere Ereignisse im Schrank habe. Zusammen mit dem hellen Trenchcoat und dem breitkrampigen Hut gab ich den toughen und überaus erfolgreichen Privatdetektiv ab, der sich auf den Weg zur Sächsischen Versicherung machte.

Der Versicherungspalast steht auf der grünen Wiese, ungefähr in der Mitte zwischen Innenstadt und Coerde, umgeben von Baustellen und anderen Verwaltungsgebäuden. Ich parkte für Besucher, schritt durch die graumarmorne Eingangshalle und ließ mich vom Lift in die siebte Etage befördern.

Die Vorzimmerdame sagte mir, daß ich einen Moment warten solle, Herr Dr. Gross sei gerade in einer Besprechung.

Fünf Minuten später schoß Alfons Gross über den mit dicken Teppichen ausgelegten Gang.

„Herr Wilsberg, da sind Sie ja! Kommen Sie doch herein! Fräulein Menke, zwei Tassen Kaffee, bitte!"

Gross' Büro hat die Größe eines halben Basketballfeldes, die Panoramafenster zeigen die komplette Silhouette von Münster. Hätte er die nötige Muße, könnte er jeden Morgen mindestens zwanzig Kirchtürme zählen.

Ich arbeite mit Gross seit einigen Jahren zusammen. Er ist im Vorstand der Sächsischen Versicherung dafür zuständig, die Auszahlungsrate so niedrig wie möglich zu halten, mit allen legalen und manchmal auch mit unkonventionellen Methoden. Für das Unkonventionelle engagiert er mich.

Wir setzten uns in die Besprechungsecke, in der mein eigenes Büro locker Platz finden würde. Mit dem linken Auge fixierte Gross mich, mit dem rechten guckte er zur Tür.

„Was macht unser Juwelier, Herr Wilsberg? Gibt es etwas Neues?"

„Leider nein. In den letzten sieben Tagen ist er immer nur von seinem Haus zu seinem Laden gefahren und abends zurück. Keinen Umweg, keinen Schlenker, keine verdächtigen Gestalten in seinem Laden. Abends geht er nicht aus, und er erhält auch keinen Besuch. Der perfekte Einsiedler."

„Ts, ts, ts." Gross schüttelte mißbilligend den Kopf. „Sie wissen, daß die Zeit drängt. Nächsten Donnerstag müssen wir ihm einen Scheck über 500.000 geben, wenn wir bis dahin keinen Hinweis haben, daß an seiner Schadensmeldung etwas falsch ist. Das wäre bitter. Denn aufgrund meiner langjährigen Erfahrung sage ich Ihnen: der Mann lügt. Ich rieche das. Er schickt seine Angestellte weg, um Briefmarken zu kaufen. Eine halbe Stunde später findet sie ihn mit einer Beule an der Stirn. Keine

Zeugen, niemand, der diese beiden Gangster gesehen hat."

„Außer Karl Hagedorn, unser Juwelier."

„Aber er kann sie nicht beschreiben. Es sei alles so schnell gegangen. Außerdem hätten sie heruntergeklappte Skimützen getragen."

„Eine durchaus übliche Bekleidung für Gangster", warf ich ein.

„Ach, hören Sie doch auf! Das stinkt zum Himmel."

„Er hat keine Schulden", rekapitulierte ich. „Er ist Witwer, seine Tochter bestens versorgt. Was soll er mit dem ganzen Geld?"

„Vielleicht ist er Spieler. Oder er will den Laden abstoßen und seinen Lebensabend in Saus und Braus in der Karibik verbringen. Was weiß ich."

„Ich fürchte, daß wir bis Donnerstag zu keiner neuen Erkenntnis kommen", gab ich zu bedenken.

Gross richtete sein anderes Auge auf mich. „Die einfache Beobachtung reicht eben nicht. Sie müssen sich was Besseres einfallen lassen."

„Sie meinen, ich ..."

„Die Details interessieren mich nicht", unterbrach er mich. „Bringen Sie mir ein Resultat! Auf welchem Wege Sie es erzielen, ist Ihre Sache. Sie wollen doch weiterhin gute Aufträge von der Sächsischen bekommen, oder nicht?"

„Verstehe", sagte ich.

„Ich wußte, daß wir uns verstehen würden", strahlte Gross. Er hatte seinen Kaffee nicht angerührt. Meiner schmeckte ein wenig zu bitter.

Umgezogen und in lässiger Freizeitkleidung tauchte ich am frühen Nachmittag im „Zentrum für Geistiges Training" in Essen-Borbeck auf. Shiba zog tadelnd ihre schwarzen Augenbrauen zusammen.

„Wo warst du denn heute morgen? Claudia hat auf dich gewartet."

„Ach, habe ich das nicht gesagt? Ich hatte heute morgen einen wichtigen Termin."

Schon wieder lächelnd, hob Shiba den Zeigefinger. „Ross Stocker sagt: Nur wer Selbstdisziplin übt, kann den Zustand der Freiheit erlangen."

„Ich werde mich bessern", versprach ich.

Claudia, die den ganzen Morgen über Stockers Theorie gebüffelt hatte, wofür sie mir nachträglich leidtat, empfing mich mit muffigem Gesichtsausdruck. Zur Vervollständigung ihres Indienkostüms hatte sie heute ein Kopftuch angelegt. Und ich vermutete, daß ich ihr immer noch zu deutsch und zu wenig indisch war.

Shiba scheuchte uns nach oben in die Trainingszelle. Auf der Treppe erzählte mir Claudia, daß man ihr einen zweijährigen Arbeitsvertrag angeboten habe. Sie würde kostenlos Training erhalten, dafür müßte sie im Zentrum putzen.

„Wirst du das machen?" fragte ich.

„Ich weiß nicht. Ich glaube, das Training ist sehr gut für mich. Und da ich im Moment arbeitslos bin, kann ich mir die teuren Trainingskurse nicht leisten."

Ich sagte nichts. Andernfalls hätte ich meine Legende gleich in den Mülleimer schmeißen können.

Die nächsten Stunden trainierten wir eifrig. Claudia war etwas mutiger geworden und erzählte mir eine Horrorgeschichte nach der anderen, und ich ging von den Kindheitsverletzungen zu den Autounfällen über. In einer Pause gönnte ich mir einen Kaffee im Foyer, während Claudia wieder mal einen Gesprächstermin hatte.

Außer mir befand sich nur eine junge Frau im Raum. Sie trug einen dieser grellbunten Ballonseidenanzüge und war kreidebleich. Ich lächelte sie an.

Sie lächelte zurück. „Ganz schön anstrengend, was?"

„Kann man wohl sagen." Ich transportierte den Kaffee zu ihrem Tisch. „Darf ich mich zu Ihnen setzen?"

„Natürlich."

„Haben Sie auch gerade Pause?" erkundigte ich mich, um das Gespräch in Gang zu halten.

„Nein. Ich warte auf meinen Reparaturtermin."

„Ihren was?"

„Reparaturtermin. Bei mir ist im dritten Trainingskurs was falsch gelaufen. Ich konnte die Handlungsanforderungen nicht erfüllen. Ich wußte, was ich tun mußte, aber ich habe etwas ganz anderes gemacht. Und plötzlich bin ich zusammengebrochen. Kreislaufkollaps, Krankenhaus und so."

„Und das kann man reparieren?"

„Sicher. Dafür gibt es ja ausgebildete Trainer hier im Zentrum. Die kriegen das schon wieder hin."

„Wie beruhigend", sagte ich. „Jetzt erinnere ich mich, einem Bekannten von mir ist das, glaube ich, auch mal passiert. Aber in einem höheren Trainingskurs, im sechsten oder siebten. Kennen Sie ihn übrigens? Er heißt Martin Kunstmann."

„Martin? Na klar kenne ich den. Der ist doch schon mehrere Jahre hier. Aber daß der mal einen Trainingsunfall gehabt haben soll, davon weiß ich nichts."

„Kein schwerer Unfall, soviel ich gehört habe. Erst letzte Woche wollte ich ihn anrufen, aber seine Frau sagte mir, daß er verschwunden sei."

Sie senkte die Stimme zu einem Flüstern: „Er hat in Blackhill sein Geistwesen I gemacht."

Ich flüsterte ebenfalls: „Das sagte seine Frau auch. Aber er hätte schon längst zurück sein müssen."

Sie blickte sich um und beugte sich dann zu mir herüber. „Man munkelt, daß er einen schweren Fehler begangen hat. Er ist dafür bestraft worden."

„Tatsächlich?"

„Einen so schweren Fehler, daß er in ein Rehabilitationszentrum mußte." Sie riß die Augen weit auf.

„Wissen Sie, in welches?"

Sie schüttelte den Kopf. „Keine Ahnung."

„Schade. Ich habe eine wichtige Nachricht für ihn. Ich würde sie ihm gerne zukommen lassen."

„Wenn man in einem Rehabilitationszentrum ist, darf man sowieso keine Briefe von außerhalb erhalten. Es sei denn, sie werden vom Orden des Tempels weitergeleitet."

„Die Nachricht betrifft das Geistige Training. Der Orden wird sie bestimmt weiterleiten."

„Warum gehen Sie dann nicht den offiziellen Weg, über die Leitung des Borbecker Zentrums?"

„Das habe ich schon versucht. Aber die sagen mir ja nicht mal, daß er in einem Rehabilitationszentrum ist."

Meine Argumentation war nicht gerade stimmig, aber ich hoffte, daß sie das nicht merken würde. „Könnten Sie für mich rausfinden, wo er ist? Ich meine, darüber wird doch sicher auch gemunkelt."

Sie sah mich an. „Ich weiß nicht. Vielleicht ist das wieder ein Fehler. Und ich wollte doch keine Fehler mehr machen."

„Es ist für die Kirche", sagte ich, „im Sinne von Ross Stocker."

Wir vereinbarten, daß ich sie am nächsten Tag anrufen würde, und sie gab mir ihren Namen und ihre Telefonnummer. Den Rest der Pause nutzte ich dazu, Anja Kunstmann anzurufen. Sie sagte, sie würde mich gerne treffen. Auch heute abend.

V

Ich hatte mich von dem Training einigermaßen erholt, war frisch geduscht und rasiert und trug wieder Trenchcoat und Hut. Was für Dr. Gross gut war, konnte für eine Professorengattin nicht verkehrt sein.

In der kleinen Straße in Sprakel hatte man die Schneemassen zu ordentlichen Stapeln gehäuft und auf den Vorgärten abgelegt. Auch der Bürgersteig vor dem Haus der Kunstmanns zeigte sich schneefrei.

Ich klingelte, und zwei Sekunden später stand sie in der Tür. Langsam gewöhnte ich mich daran, daß sie auf mich zu warten schien.

Sie wirkte ein bißchen unsicher, als sie mir die Hand gab.

„Was wohl meine Nachbarn denken? Dauernd besucht mich ein fremder Mann, und der Hausherr ist verschwunden."

„Das nächste Mal machen wir eine Vorstellungsrunde", schlug ich vor. „Oder besser noch: Sie nehmen mich mit auf ein Nachbarschaftsfest."

Sie lachte. „Möchten Sie den ganzen Abend über Verkehrsberuhigung, Kindergruppen und gestiegene Zinsen reden?"

„Habe ich Ihnen noch nicht gesagt, daß ich mich ausgezeichnet tarnen kann? Notfalls rede ich sogar über das Ozonloch."

Sie nahm mich am Arm und führte mich ins Wohnzimmer. „Ich habe Sie nicht engagiert, um mit mir zu plaudern, nicht wahr?"

„Nein, das haben Sie nicht."

Als wir saßen, ich mit einer Flasche Bier, sie mit einem Martini, sagte sie: „Sie haben eine schlechte Nachricht, stimmt's?"

Ich nahm eine von ihren Zigaretten. „Wissen Sie, was ein Rehabilitationszentrum ist?"

„Oh Gott! Martin ist in einem Reha-Zentrum?"

„Jemand hat das behauptet."

„Wo?"

„Das habe ich noch nicht herausgefunden. Wenn ich Glück habe, erfahre ich es morgen." Ich erzählte von der jungen Frau im Jogginganzug.

Anja Kunstmann saß zusammengesunken in ihrem Sessel. „Die Reha-Zentren sind das Schlimmste. Sekteneigene Gefängnisse mit strengsten Regeln. Es gibt nur Arbeit und Training, bis zu sechzehn Stunden am Tag. Vergnügungen und Luxus sind untersagt. Zu den Vergnügungen zählen so abscheuliche Dinge wie Musikhören und Fernsehen. Kommunikation mit Menschen außerhalb des Reha-Zentrums ist verboten, für jeden Brief und jedes Telefongespräch muß man den Trainer um Erlaubnis fragen. Ein Reha-Zentrum ist die Hölle."

„Gibt es Menschen, die so etwas freiwillig mitmachen?" fragte ich.

Sie nickte. „In die Reha-Zentren werden nur Mitglieder eingewiesen, die bereits den Zustand der Freiheit errreicht haben. Wer auf dieser Ebene einen Fehler macht, wer gegen die Disziplin verstößt oder den Lehren von Stocker widerspricht, wird vor die Wahl gestellt: Entweder er verläßt die KAP, oder er geht in ein Reha-Zentrum."

„Und wie kommt man dort wieder raus?"

„Da gibt es auch nur zwei Möglichkeiten: Entweder

man beweist, daß man seinen Fehler bereut – oder man verläßt die KAP."

„Und offensichtlich will Ihr Mann Mitglied bleiben. Mal angenommen, ich finde ihn: Glauben Sie tatsächlich, daß ich ihn überzeugen kann, nach Hause zu kommen?"

„Die betreiben Gehirnwäsche", sagte sie leise. „Anders kann man das nicht erklären. Auf der anderen Seite ...", sie guckte mir in die Augen, „... ist die Chance vielleicht jetzt am größten. Martin ist intelligent. Er muß doch merken, was die mit ihm machen. Warum hört er nicht auf damit?"

Sie suchte ein Taschentuch in ihrer Hose und schneuzte sich ausgiebig.

Ich wartete.

„Sprechen Sie mit ihm!" sagte sie mit tränenerstickter Stimme. „Bitte!"

Ich ging um den Tisch herum, hockte mich neben ihren Sessel und nahm sie in den Arm. „Ich werde es versuchen. Aber ich will Ihnen keine Hoffnung machen."

„Was soll nur aus den Kindern und mir werden?" jammerte sie. „Wenn Martin seine Professur an der Uni verliert, sind wir am Ende."

„Vielleicht brauchen Sie keinen Privatdetektiv, sondern einen Anwalt. Vor ein paar Jahren hätte ich Ihnen auch in der Hinsicht weiterhelfen können, ich war nämlich mal Rechtsanwalt. Leider habe ich einen Fehler gemacht, der mit dem Entzug meiner Lizenz bestraft wurde." Daß ich in dem offiziellen Reha-Zentrum unserer Gesellschaft, auch Strafvollzugsanstalt genannt, ein halbes Jahr verbracht hatte, erwähnte ich nicht.

Sie wischte sich die Tränen aus dem Gesicht und grinste ein bißchen. „Haben Sie eine Bank überfallen?"

Immerhin hatte ich sie auf andere Gedanken gebracht.

„Ich habe mir Geld geborgt ohne zu fragen. Der Richter nannte das Unterschlagung."

„Sie sind ja verlegen", sagte sie erstaunt.

Ich hörte auf, mich am Hinterkopf zu kratzen. „Nein, das ist, äh ..."

„Eindeutig eine Verlegenheitsgeste."

„Da ich einmal bei den Geständnissen bin: Ich habe Neurodermitis. Eine Begleiterscheinung dieser Krankheit ist ein unangenehmes Jucken."

„Dann kommt das hier auch von der Neurodermitis?" Sie legte ihren Zeigefinger auf eine verkrustete Wunde an meinem Handgelenk.

„Genau. Bin ich Ihnen jetzt unsympathisch?"

„Du bist nett", sagte sie.

Ich zog ihren Kopf zu mir heran und küßte sie. Sie schmeckte nach Martini und unerfüllter Sehnsucht.

Nach ungefähr zehn Minuten hörten wir auf.

„Mein Gott, ich wußte gar nicht mehr, daß das so schön ist."

„Man könnte sich daran gewöhnen", stimmte ich zu.

Sie gab mir einen Stoß, und ich ließ mich auf den Rükken fallen.

Mit geschlossenen Augen träumte ich von der Fortsetzung.

Nach einer Weile stand sie auf und kniete sich neben mich. „Was machen wir hier?"

„Die Nachbarn nervös. Aber nur die mit Ferngläsern."

„Blödmann."

Ihr Widerstand war gespielt. Bald lag sie auf mir, und wir küßten uns wieder. Langsam tastete ich mich unter ihrem Pullover zu den kleinen Brüsten vor.

„Du willst doch nicht etwa auf dem Teppich ...?"

„Warum nicht?"

Wir liebten uns den ganzen Abend und die halbe Nacht, zuerst auf dem Teppich und dann im Bett. Zwischendurch tranken wir Bier, Rotwein und Martini, alles, was gerade herumstand. Auch ein Glas Gurken mußte dran glauben, ebenso die gesammelten Käsereste aus dem Kühlschrank.

Als wir im Bett friedlich nebeneinander lagen, sagte sie: „Du hast Glück, daß die Kinder nicht da sind. Sonst müßtest du jetzt verschwinden."

„Wann kommen sie zurück?" fragte ich.

„Morgen. Ich vermisse sie sehr. Es ist viel zu ruhig im Haus – wenn du nicht da bist."

Ich schob meinen Arm unter ihren Kopf und versuchte, nicht an die Zukunft zu denken.

Ich erwachte von dem Helligkeitsschock, den Anja durch das Öffnen der Vorhänge verursachte. Sie drückte mir einen flüchtigen Kuß auf die Stirn und sagte: „Steh auf, du Langschläfer!"

Das Tageslicht wirkte auf uns beide ernüchternd. Wortlos zogen wir uns an und gingen nach unten.

Anja sah bedrückt aus, als wir in der Küche den Kaffee schlürften.

„Du fragst dich, ob das richtig war, was wir gemacht haben?"

Sie nickte.

„Es hat dir Spaß gemacht, also war es richtig. Und ich bin nicht der Typ, der Ärger macht oder sich aufdrängt. Dein Mann und deine Kinder werden nichts davon erfahren."

Sie legte ihre Hand auf meine. „Ich hatte ein bißchen Angst, daß du jetzt Ansprüche stellst."

Ich sagte nichts.

„Ich muß die Kinder abholen."

„Und ich muß arbeiten. Darf ich mal eben dein Telefon benutzen?"

Ich rief die Nummer in Essen an, die mir die Frau aus dem Zentrum gegeben hatte. Eine männliche Stimme meldete sich. Nein, seine Frau sei nicht zu Hause.

„Wann kann ich sie erreichen?" fragte ich.

Er zögerte. „Sie liegt im Krankenhaus."

„Was ist passiert?"

„Nun, ich glaube nicht ..."

„Ich habe gestern mit ihr im Zentrum gesprochen. Da ging es ihr noch gut."

„Ach, Sie sind einer von uns. Dann kann ich es Ihnen ja sagen: Sie kommt einfach mit dem Moralstandard im 3. Trainingskurs nicht klar. Gestern, beim Reparaturtermin, ist sie zusammengebrochen. Sie mußte sofort ins Krankenhaus gebracht werden."

„In welchem Krankenhaus liegt sie?"

„Im Franziskus-Krankenhaus in Essen-Borbeck. Aber die Ärzte wollen nicht, daß sie Besuch empfängt."

„Vielleicht besuche ich sie später mal", sagte ich und legte auf.

„Etwas nicht in Ordnung?" fragte Anja.

„Die Frau, von der ich dir erzählt habe, liegt im Krankenhaus. Möglicherweise haben sie sie gestern in die Mangel genommen."

„Und jetzt?"

„Ich fahre nach Essen. Wann sehen wir uns wieder?"

Sie überlegte. „Heute abend?"

„Schön. Ich kaufe ein paar Sachen für das Abendessen ein – wenn du Lust hast."

Sie lachte. „Wenn *du* kochst."

Nach dem Abschiedskuß sagte sie: „Du! Wenn die Kinder dabeisind ..."

„Ich weiß", sagte ich.

VI

Die Station im Franziskus-Krankenhaus sah aus wie eine Mischung aus Raumschiff Enterprise und Atombunker: eine kreisrunde Theke, hinter der eine Krankenschwester thronte und zahlreiche Lämpchen im Auge behielt, viel Chrom, Weiß, Hellgrün und kein Tageslicht.

„In welchem Zimmer liegt Frau Kemper?" fragte ich.

„Frau Kemper?" Die Krankenschwester guckte auf eine Liste. „Tut mir leid, Frau Kemper braucht absolute Ruhe. Sie dürfen sie nicht besuchen."

Ich zeigte ihr kurz meinen Detektivausweis, wobei ich den Schriftzug „Privatdetektiv" mit dem Daumen verdeckte. „Es geht um den Verdacht der vorsätzlichen Körperverletzung. Ich möchte ihr nur ein paar Fragen stellen."

„Das kann ich nicht entscheiden. Warten Sie einen Moment!"

Sie drückte auf einen Knopf, und eine Minute später erschien eine große Frau im Arztkittel.

„Der Herr hier ist von der Polizei. Er möchte zu Frau Kemper."

Die Ärztin guckte mich streng durch ihre Hornbrille an. „Muß das sein? Frau Kemper darf nicht beunruhigt werden."

„Ich will sie nicht beunruhigen, aber es geht um die Aufdeckung eines Verbrechens. Die Zeit spielt dabei eine wichtige Rolle."

„Na gut. Aber nur drei Minuten." Sie zeigte auf eine Zimmertür und wollte sich mir anschließen.

Ich blieb stehen. „Sie dürfen leider nicht dabeisein. Das ist Vorschrift."

Noch ein mißbilligender Blick. „Ich warte hier."

Nicole Kemper lag allein im Zimmer. Ein Tropf hing über ihrem Arm, aber ansonsten gab es keine Schläuche oder Apparaturen. Langsam drehte sie den Kopf und guckte mich an. Ihr Gesicht unterschied sich in der Farbe nicht von der Bettwäsche.

„Hallo!" sagte ich. „Erkennen Sie mich?"

Sie sagte weder Ja noch Nein.

Ich ließ mich auf dem Stuhl neben ihrem Bett nieder. „Wir haben gestern miteinander gesprochen, im Zentrum. Es ging um Martin Kunstmann."

Sie stöhnte. „Die haben mir Vorwürfe gemacht. Ich würde spionieren. Ich wäre eine Feindin."

„Hat man Ihnen verboten, mit mir zu sprechen?"

Sie nickte.

„Glauben Sie mir, Ihre Moral ist okay! Was Sie kaputtmacht, ist die Kirche für angewandte Philosophie."

„Nein, nein", stammelte sie.

„Doch! Ihr Körper weiß das besser als Sie. Die Kirche mit ihren brutalen Methoden ist verantwortlich für Ihren Gesundheitszustand. Die haben Sie doch bewußt fertiggemacht."

Sie starrte an die Decke.

„Ich will ehrlich zu Ihnen sein: ich bin Privatdetektiv. Frau Kunstmann hat mich beauftragt, ihren Mann zu suchen. Er hat sich schon seit vier Wochen nicht mehr bei ihr gemeldet. Vielleicht geht es ihm genauso schlecht wie Ihnen."

Sie bewegte leicht die Lippen.

„Sagen Sie mir, wo er ist! Ich werde nicht verraten, von wem ich es erfahren haben."

„Er ist auf Norderney, in der ehemaligen Hautklinik, ganz am Ende der Stadt."

Die Tür ging auf, und die Ärztin schaute herein.

„Würden Sie jetzt bitte gehen!"

Ich drückte Nicole Kemper die Hand. „Vielen Dank!"

An der Tür wandte ich mich noch einmal um. Sie hatte sich im Bett aufgerichtet.

„Seien Sie vorsichtig! Das Haus wird vom Orden des Tempels bewacht."

„Dürfte ich Ihren Ausweis sehen?" Die Ärztin baute sich vor mir auf.

Ich zückte meinen Detektivausweis.

„Sie sind überhaupt nicht von der Polizei!"

„Das habe ich nie behauptet." Ich nahm ihr den Ausweis wieder ab.

„Das kommt Sie teuer zu stehen."

„Drohen Sie mir ruhig! Aber bedenken Sie, daß das für alle Beteiligten eine Menge Papierkram bedeutet. Und am Ende kommt doch nichts dabei heraus."

So schnell ich konnte, machte ich mich aus dem Staub, in der Hoffnung, daß mich in der Nähe des Franziskus-Krankenhauses nie ein Unfall ereilen möge.

Dank des verkaufsoffenen Samstages hatte ich alles Nötige erstanden: Hühnerbrust, verschiedenes Gemüse, Chicorée für den Salat, Mango Chutney, eine Tüte Kroepoek und, in einem chinesischen Laden, Gado-Gado. Als Ergebnis sollte dabei die Miniaturausgabe einer indonesischen Reistafel herauskommen.

Mit Plastiktüten behangen und die Nachbarn ignorierend, drückte ich auf die Klingel des inzwischen vertrauten Hauses in Sprakel. Diesmal tat sich zwanzig Sekunden lang nichts. Die lieben Kinder, die die Mammi in Anspruch nahmen.

Dann tauchte ein unbekannter Kopf in der Tür auf. Es war ein Frauenkopf mit schwarzen Haaren, Pagenfrisur und einem Gesichtsausdruck, der wesentlich unfreundlicher wirkte als der von Anja Kunstmann.

„Ist Frau Kunstmann da?" fragte ich.

„Nein. Was wollen Sie von ihr?"

„Mein Name ist Georg Wilsberg. Ich bin mit ihr verabredet."

„Der Privatdetektiv", sagte sie mit verächtlichem Unterton.

„Der Privatdetektiv", bestätigte ich.

„Ich weiß nicht, wann Anja zurückkommt. Rufen Sie doch morgen noch mal an!" Sie wollte die Tür schließen.

„Moment!" sagte ich. „Hat ihre Abwesenheit etwas mit ihrem Mann zu tun?"

„Kann schon sein. Aber das geht Sie nichts an."

„Und ob mich das etwas angeht. Ich fühle mich auch für ihre Sicherheit verantwortlich."

Wir starrten uns an. Schließlich gab sie nach. „Gut. Kommen Sie herein! Viel schlimmer kann es ohnehin nicht werden."

Die beiden Kinder standen im Flur und sahen verängstigt aus.

„Wissen Sie, wo Mama ist?" fragte die ältere.

„Keine Ahnung", sagte ich. Die Plastiktüten kamen mir irgendwie unpassend vor.

Fragend schaute ich die Türöffnerin an. Sie gab mir mit den Augen ein Zeichen.

Ich ging bis zur Küche durch und stellte die Tüten ab. Die Frau versuchte den Kindern ein Spiel aufzuschwatzen, und als es ihr endlich gelungen war, kam sie nach.

„Was ist los?" flüsterte ich.

„Anja hat heute nachmittag einen Anruf von ihrem

Mann bekommen. Sie war ganz aufgeregt. Er will sie treffen."

„Wo?"

„Das durfte sie nicht sagen. Er bestand darauf, daß sie alleine kommt und niemanden informiert."

Ich grübelte. „Wie lange ist sie schon weg?"

„Sie hat mich um drei angerufen und gefragt, ob ich auf die Kinder aufpassen kann. Ich habe sie beschworen, nicht zu fahren. ‚Warum kommt er nicht nach Hause?' habe ich sie gefragt, und sie antwortete: ‚Er kann nicht.'"

„Wann wollte sie zurücksein?"

„Sie meinte, daß es höchstens drei Stunden dauern würde."

Also konnte sie nicht nach Norderney gefahren sein.

Wie sich herausstellte, war Kerstin Mierbaum die beste Freundin von Anja. Anja hatte ihr alles erzählt, einschließlich einiger Details über meine Person.

„Dann warten wir eben", entschied ich.

Sie guckte an mir vorbei. „Sie sollten wissen , daß ich dagegen war, Sie zu engagieren."

„Dann haben Sie ja jetzt Gelegenheit, Ihre Vorurteile gegenüber Privatdetektiven abzubauen."

Die Kinder drückten die Küchentür auf.

„Kerstin, das Spiel ist langweilig." Das war die ältere. Sie mochte ungefähr zehn Jahre alt sein.

Ihr jüngerer Bruder fragte mit weinerlicher Stimme: „Wann kommt Mama endlich nach Hause?"

Kerstin Mierbaum lächelte krampfhaft. „Sie wird gleich da sein. Und das Spiel ist gar nicht langweilig. Wie wäre es, wenn wir es zusammen spielen würden?"

Ich hatte eine bessere Idee. „Ich kann ja inzwischen kochen."

Kerstin Mierbaum sah mich an, als hätte ich meinen ersten Sympathiepunkt gewonnen.

Ich werkelte in der Küche herum, obwohl meine Kochlust unter Null gesunken war. Die Kirche für angewandte Philosophie hatte schnell reagiert. Vermutlich sollte Martin Kunstmann seine Frau davon überzeugen, daß alles in Ordnung sei und sie mich schleunigst in die Wüste schicken müsse. Die Frage war, welchen Eindruck sie von dem Treffen bekam. Stand er unter Druck, oder war es freiwillig zustande gekommen? Den Gedanken, daß man sie entführt haben könnte, verdrängte ich aus meinem Hinterkopf.

Nach einer Stunde war das Essen fertig. Ich hatte die eine Hälfte nach Kochbuch zubereitet, die andere Hälfte, für die Kinder, fast gewürzlos. Die Kinder stocherten trotzdem lustlos auf ihren Tellern herum und quengelten fast die ganze Zeit. Genau genommen schmeckte niemandem das Essen, und ich war froh, als es endlich vorbei war. Anschließend versuchten wir die Kinder zu überreden, ins Bett zu gehen, und das gab erneut Gezeter, Heulen und Zähneknirschen. Mit dem Versprechen, sie sofort zu wecken, wenn ihre Mutter auftauchte, schafften wir es schließlich.

Um halb zehn hingen wir beide in den Sesseln.

„Okay, schließen wir Frieden!" sagte Kerstin Mierbaum. „Sie sind in Ordnung."

Ich hob mein Rotweinglas. „Auf den Beginn einer wunderbaren Zusammenarbeit!"

Der Rest war Warten. Wir tauschten unsere Kenntnisse über die Kirche für angewandte Philosophie aus, sie erzählte einiges über die Ehe der Kunstmanns, und ich kramte ein paar Anekdoten aus dem reichen Abenteuerschatz eines Privatdetektivlebens hervor. Keiner von uns war richtig bei der Sache. Immer wieder schielten wir auf unsere Armbanduhren und lauschten Motorengeräuschen nach, die von Autos vor dem Haus verursacht wurden.

Um Mitternacht sagte sie: „Sollten wir nicht die Polizei anrufen?"

Ich drückte die zwanzigste Zigarette im Aschenbecher aus. „Und was sagen wir der Polizei? Daß eine Frau, die eine Verabredung mit ihrem Ehemann hat, bis zwölf Uhr nicht nach Hause gekommen ist? Glauben Sie, daß irgendein Polizist deswegen den Finger krumm macht? Bevor die eine Suchmeldung herausgeben, muß schon mehr passieren. Und vor allen Dingen: wir haben keine Ahnung, wo sie suchen sollen."

Ich guckte sie an und nahm die nächste Zigarette. „Wenn sie bis morgen früh nicht da ist, gehen wir zur Polizei."

Irgendwann hörten wir auf zu reden, und kurz darauf döste ich ein. Als sich der Schlüssel im Türschloß drehte, war ich sofort hellwach. Kerstin Mierbaum schoß aus ihrem Sessel hoch und rief: „Anja?"

Müde lächelnd stand sie im Hausflur. „Habt ihr auf mich gewartet? Das ist aber nett von euch."

„Erzähl!" sagte ich. „Wie war es?"

„Anstrengend." Sie ließ sich auf das Sofa fallen. „Ich weiß gar nichts mehr."

Martin Kunstmann hatte sie zu der Raststätte Münsterland an der Autobahn A 1 bestellt, aber als sie dort ankam, entdeckte sie ihn nicht. Stattdessen wurde sie von zwei Männern in schwarzen Uniformen angesprochen, die ihr einen Brief ihres Mannes überreichten. Er schrieb, daß es ihm leider nicht möglich sei, nach Münster zu kommen, sie solle den beiden Männern vertrauen, die sie zu ihm bringen würden. Mit mulmigem Gefühl im Magen stieg sie in das Auto der Schwarzkittel ein. Es wurde eine lange Fahrt, während der kaum geredet wurde. Anja kämpfte gegen eine aufsteigende Panik an. Endlich, auf einem Parkplatz in der Nähe von Emden, waren sie am Ziel. Martin empfing sie in Begleitung von zwei weiteren Schwarzuniformierten. Er versicherte ihr, daß es ihm gut gehe und daß er in wenigen Wochen nach Hause zurückkehren würde. Die Nachforschungen, die sie von diesem Georg Wilsberg anstellen ließe, seien absolut lächerlich.

„Was für einen Eindruck machte er auf dich?“ unterbrach ich ihre Erzählung.

„Er wirkte bedrückt. Nicht so fröhlich und optimistisch, wie vor seiner Englandreise.“

Ich nickte.

„Das war's auch schon fast. Die ganze Unterhaltung dauerte nur eine Viertelstunde. Dabei wurden wir ständig von den vier Typen beobachtet. Mir kam es so vor, als würde Martin in ihrem Auftrag handeln. Und das bestätigte sich auch am Schluß.“

Sie griff in ihre Hosentasche und zog einen Fetzen Papier heraus. „Als wir uns verabschiedeten, drückte er mir unauffällig diesen Zettel in die Hand.“

Sie reichte mir den Kassiber. Ich las: „Sei vorsichtig! Es ist gefährlicher, als du denkst.“

VII

“Entschuldige, daß ich dich so früh wecke!“

Ich schaute auf den Radiowecker. Es war neun Uhr. Ich hatte vergessen, den Wecker einzustellen.

„In diesem Fall ist es wirklich dringend.“

Sigis Stimme hatte einen Tonfall, der mir einen kleinen Adrenalinstoß versetzte.

„Was ist los?“

„Hier sind zwei Herren, die dich sprechen möchten. Ich habe versucht sie abzuwimmeln, aber es ist mir nicht gelungen. Außerdem sehen sie etwas merkwürdig aus.“

„Schwarze Uniformen?“

„Woher weißt du das?“

„Der Orden des Tempels.“

„Ich versteh überhaupt nichts mehr“, sagte Sigi. „Kannst du deiner Sekretärin bitte erklären, welcher Film hier abläuft!“

„Der Orden des Tempels ist die Eliteorganisation der Kirche für angewandte Philosophie. Sowas wie die Sturmabteilung von Ross Stocker.“

Ich hörte Sigi schlucken. „Die beiden sitzen in deinem Büro. Soll ich die Polizei anrufen?“

„Nein. Ich komme sofort.“

Ich legte den Hörer auf und sprang aus dem Bett. Ich wußte bereits, daß ich die beiden Männer in meinem Büro hassen würde. Wer um neun Uhr morgens Ärger macht, muß zu den Unmenschen gehören.

Ohne einen Tropfen Kaffee gesehen zu haben, kam

ich eine Viertelstunde später im Büro an. Sigi wies mit dem Daumen auf mein Arbeitszimmer.

„Komm mit!“ sagte ich. „Ich brauche eine Zeugin.“

Immerhin hat Sigi einen Frauenselbstverteidigungskurs besucht. Ich dagegen kann weder Karate, Judo noch sonst etwas Asiatisches, auch besitze ich keine Hieb-, Stich- oder Feuerwaffen, mal abgesehen von einer Spielzeugpistole, die einer echten Beretta zum Verwechseln ähnlich sieht.

Die beiden Männer saßen auf den Lederfreischwingern. Sie erhoben sich, als wir eintraten.

„Guten Morgen!“ sagte ich. „Was kann ich für Sie tun?“

„Sie sind Herr Wilsberg?“ fragte der eine, ein kleiner, rundlicher Typ. Auch der andere sah nicht gerade aus wie Sylvester Stallone, was mich ungemein beruhigte.

„Der bin ich“, bestätigte ich und setzte mich hinter den Schreibtisch, die Schublade mit der Spielzeugberetta im Blickfeld. Sigi nahm auf dem letzten, noch freien Sessel Platz.

„Können wir uns mit Ihnen alleine unterhalten?“ fragte der zweite.

„Ich habe keine Geheimnisse vor meiner Sekretärin“, konterte ich.

„Na schön. Wie Sie wollen.“ Das war wieder der erste. „Sie haben sich in unsere Vereinigung eingeschlichen und veschiedene Mitglieder nach einem gewissen Martin Kunstmann ausgefragt. In wessen Auftrag?“

Ich spielte mit einem Kugelschreiber. „Weiter!“

„Sie haben meine Frage nicht beantwortet.“

„Das werde ich auch nicht. Wenn Sie sonst noch etwas zu sagen haben, dann sagen Sie es jetzt!“

Der zweite griff in seine Jackentasche und zog ein Blatt Papier heraus. „Hier haben wir eine eidesstattliche Erklärung von Martin Kunstmann. Er versichert darin, daß er sich körperlich und geistig wohlfühlt und sich vollkommen freiwillig in einem Zentrum der KAP aufhält. Außerdem verbittet er sich jede Form der Nachstellung Ihrerseits."

„Sehr schön", sagte ich.

„Sie haben in allen unseren Einrichtungen Hausverbot", platzte der erste heraus. „Wenn Sie sich noch einmal dort blicken lassen, werden wir Sie nicht mehr mit Samthandschuhen anfassen."

„Darüber hege ich keinen Zweifel", sagte ich. „Aber vielleicht haben Sie die Güte, Ihre Drohung etwas zu konkretisieren."

„Sie können uns mal!" sagte der zweite und warf mir das Schreiben von Kunstmann auf den Schreibtisch. „Wenn es dazu kommen sollte, werden Sie es schon früh genug erfahren."

Sie gingen grußlos. Sigi und ich blickten uns aufatmend an.

„Schöne Scheiße", sagte Sigi. „Was machst du jetzt?"

„Ich brauche dringend einen Kaffee."

Nach der ersten Tasse und einem halben Zigarillo als Brötchenersatz brachte ich Sigi auf den aktuellen Stand im Fall Martin Kunstmann. Am frühen Sonntagmorgen hatten Anja, Kerstin Mierbaum und ich noch lange darüber beratschlagt, was die Botschaft von Martin Kunstmann bedeuten könnte und wie nun weiter vorzugehen sei. Anja bestand darauf, daß ich weitermache. Sie war der festen Überzeugung, daß ihr Mann inzwischen eine kritische Einstellung zur KAP und nur den richtigen Zeitpunkt für den Absprung verpaßt habe. Schließlich willigte ich ein, nach Norderney zu fahren. Wie ich allerdings unbemerkt in das Reha-Zentrum gelangen sollte, blieb mir ein Rätsel. Denn darauf, daß der Professor einsame Strandspaziergänge machen würde, durfte ich nicht hoffen.

„Laß dich bloß nicht erwischen! Ich möchte mir nicht schon wieder einen neuen Job suchen“, sagte Sigi.

„Danke für das Mitgefühl.“

Ich nahm die zweite Tasse Kaffee. „Zu allem Überfluß habe ich noch ein anderes Problem am Hals. Doktor Gross von der Sächsischen macht Druck. Er möchte bis Donnerstag ein Resultat sehen. Andernfalls muß er nämlich dem Juwelier Hagedorn einen Scheck über 500.000 Mark überreichen.“

„Wir haben doch alles versucht. Koslowski und Eger überwachen jeden Schritt von Hagedorn.“

„Aber ohne Erfolg.“

„Na ja, Hagedorn wäre auch schön blöd, wenn er seine Klunker jetzt schon auf den Markt werfen würde.“

„Eben“, sagte ich. „Deshalb muß ich ganz tief in die Trickkiste greifen.“

Sigi guckte mich mit großen Augen an. „Was hast du vor?“

„Laß es mich so sagen: Unser Gewerbe ist ehrbar und anständig, wir halten uns an die Gesetze und erzielen unsere Ermittlungsergebnisse auf völlig legalem Weg. Aber manchmal, ganz selten, müssen wir von dem schmalen Grat zwischen Legalität und Illegalität ein wenig abweichen.“

„Ich glaube, ich muß mir doch einen neuen Job suchen“, sagte Sigi.

„Quatsch. Ich möchte sogar, daß du zuhörst, damit du notfalls bezeugen kannst, daß alles nur ein Trick war.“

Sigi sah mich immer noch seltsam an. Ich bat sie, die vordere Bürotür abzuschließen, damit niemand hereinplatzen konnte. Dann wählte ich die Nummer von Hagedorns Juweliergeschäft. Er war selber am Apparat.

„Herr Hagedorn, Sie werden sich sicher fragen, warum ich mich jetzt erst melde.“

„Wer sind Sie?“ fragte Hagedorn mit einer hohen Altmännerstimme.

„Das tut nichts zur Sache. An jenem bewußten Tag vor etwa einem Monat stand ich zufällig vor Ihrem Laden und betrachtete die Auslagen im Schaufenster. Ich sah, wie eine Frau den Laden verließ. Heute bin ich der Überzeugung, daß es Ihre Angestellte war. Ich wartete auf meine Freundin, mit der ich mich verabredet hatte. Dummerweise verspätete sich meine Freundin. Ich wartete und wartete. Nach etwa einer halben Stunde kam die Frau, von der ich glaube, daß sie Ihre Angestellte ist, wieder zurück. Und, sehen Sie, jetzt kommt das Interessante: später las ich in der Zeitung, daß Sie genau in der Zeit, in der ich vor Ihrem Laden stand, überfallen worden sind, und zwar von zwei Gangstern, die durch die Vordertür gekommen sein sollen. Ich habe aber niemanden hineingehen und niemanden herauskommen sehen. Natürlich hätte ich zur Polizei gehen und eine Aussage machen müssen. Mehr als einmal habe ich es mir vorgenommen. Aber dann sagte ich mir wieder: diese Versicherungen verdienen ein Schweinegeld. Warum soll der Juwelier Hagedorn sie nicht ein bißchen schröpfen? So überlegte ich hin und her. Und deshalb rufe ich jetzt erst an.“

„Was wollen Sie?“ fragte Hagedorn.

„Genau diese Frage habe ich erwartet. Ich möchte sie aber nicht am Telefon besprechen. Was halten Sie vom Domplatz, direkt vor dem Hauptportal, heute abend um Acht?“

Er fand die Idee zwar nicht großartig, aber er erklärte sich einverstanden.

„Das ist Erpressung“, sagte Sigi, als ich aufgelegt hatte.

„Ich habe nichts gefordert, oder?“ widersprach ich. „Sagen wir einmal: es ist ein Experiment. Falls es klappt, spart die Sächsische Versicherung 500.000 Mark."

„Und falls es nicht klappt?"

„Haben wir Pech gehabt."

„Warum hast du ihm nicht gleich eine Forderung genannt?"

„Risikominimierung. Wenn er unschuldig ist, ruft er die Polizei an. Die überwacht dann heute abend den Domplatz, und wir blasen die Geschichte ab."

„Clever", sagte Sigi anerkennend.

Ich schmunzelte. „Wenn Kosloswski anruft, sag ihm, daß ich ihn heute abend brauche."

Hjalmar Koslowskis Mutter hatte sich nur schwer mit der Gewöhnlichkeit ihres Nachnamens abgefunden und ihrem erstgeborenen Sohn zum Ausgleich einen ganz und gar ungewöhnlichen Vornamen gegeben. Doch Hjalmar schlug die Berufung des Vornamens aus, wurde weder Kunstprofessor noch Feuilletonredakteur, sondern ergriff, mehr dem Nachnamen entsprechend, die mittlere Beamtenlaufbahn des Polizeimeisters. Nach etlichen Übergriffen auf der Polizeiwache mußte er seine Pensionsberechtigung aufgeben und wurde Kaufhausdetektiv, was er noch heute macht, wenn ich mal längere Zeit keinen Auftrag für ihn habe.

Hjalmar ist eine Kante von Mann, nur wenige Zentimeter größer als ich, aber dreißig Kilo schwerer, ein blondes Monster, das mir besonders bei Härteeinsätzen hervorragende Dienste leistet. Allerdings muß ich ihn gelegentlich stoppen, wenn er richtig in Fahrt gerät.

„Hallo, Hjalmar!" sagte ich, als wir uns um halb Acht vor dem Rathaus trafen. „Wie geht's denn so?"

Er winkte ab. „Dein Juwelier ist so ziemlich der langweiligste Kerl, den ich seit Jahren gesehen habe. Inwischen sehne ich mich nach der Spielzeugabteilung im Kaufhaus."

„Nur noch ein paar Tage", munterte ich ihn auf. „Bis Donnerstag ist alles gelaufen." Dann weihte ich ihn in meinen Plan ein.

Er stieß einen anerkennenden Pfiff aus. „Ganz schön riskant."

„Bist du dabei?" fragte ich.

„Na klar. Was kann mir schon passieren?"

Wir verabredeten, den Domplatz zu umrunden, um nach herumstehenden Männern und in Fenstern aufgebauten Videokameras Ausschau zu halten.

Der Domplatz, ein kopfsteingeplastertes Areal in der Mitte Münsters, das zweimal in der Woche den Markt beherbergt, hat sieben Zugänge. Alle sieben abzulaufen, ist fast gleichbedeutend mit einer Besichtigung der Altstadt Münsters. Hjalmar und ich teilten uns die Strecke.

Um Acht trafen wir uns zwischen Post und Regierungspräsidium. Hjalmar schüttelte den Kopf. Mir war auch nichts Verdächtiges aufgefallen.

Ich linste zum Dom hinüber, einem gedrungen wirkenden Steinklotz, der einst von den Wiedertäufern als *Berg Zion* bezeichnet worden war und dessen Steine sie zum Ausbau der Stadtmauer benutzt hatten. Damals campierte der Bischof mit seinen Reitern außerhalb der Stadt, heute schlief er gleich nebenan.

Auf den Stufen vor dem Hauptportal des Domes stand ein einsames Männchen, das sich nach allen Richtungen umblickte.

„Ist er das?" fragte ich.

„Ohne Zweifel. Ich erkenne ihn mittlerweile an seinen Bewegungen."

„Lassen wir ihn noch ein bißchen warten! Wenn es eine Falle ist, nimmt er vielleicht Kontakt auf."

Hagedorn wurde von Minute zu Minute nervöser, und um Viertel nach Acht beschloß ich, ihn zu erlösen.

„Ich dachte, Sie kommen allein“, sagte er und warf einen ängstlichen Blick auf Koslowski.

„Kein Grund zur Besorgnis. Sie sind schließlich unser Kapital.“

„Wieviel wollen Sie?“

„Ich hatte so an 100.000 gedacht.“

Hagedorn schnappte nach Luft. „Sie sind ja wahnsinnig. Soviel kriege ich nicht mal von der Versicherung.“

Ich warf Hjalmar einen vielsagenden Blick zu. „Der Kerl versucht uns zu verscheißern.“

Hjalmar nahm die Hände aus den Manteltaschen. „Kein netter Zug von ihm.“

Hagedorn zitterte nicht nur vor Kälte. „Aber, meine Herren, regen Sie sich doch nicht auf! Ich biete Ihnen 50.000.“

„100.000“, sagte ich.

„Eine solche Summe kann ich so schnell nicht auftreiben.“ Hagedorn kaute auf seiner Unterlippe.

„Bis Mittwochabend müssen Sie es geschafft haben. Selber Ort, selbe Uhrzeit.“

Ich schaute in das verkniffene Greisengesicht. Seine rote Nase leuchtete wie die Starttaste eines Spielautomaten. Und ich hatte den Jackpot gewonnen.

VIII

Auf der Autobahn nach Norden fuhr ich durch einen Schneeschauer, der mich an die Schüttelgläser meiner Kindheit erinnerte: große, schwere Schneeflocken, die wie Segelflugzeuge durch die Luft glitten und an der Windschutzscheibe zerschellten.

Zusammen mit fünf anderen Passagieren wartete ich in Norddeich auf die Fähre. Schweigsame Gestalten mit dem melancholischen Blick der Inselbewohner. Wer ständig so vom Wind zerzaust wird, kann nicht auch noch Interesse für einen Touristen aufbringen, der ausgerechnet Anfang Februar nach Norderney fährt.

Als wir das stürmische Meer durchpflügt hatten, kam ich in ein gigantisches Stilleben. Eingeschneite Pensionen und Häuser von Müttergenesungswerken, geschlossene Läden, verwaiste Kneipen und menschenleere Straßen. Ich brauchte einige Zeit, bis ich ein Hotel fand, das geöffnet hatte. Ein moderner, seelenloser Kasten, der den Hautkranken und chronischen Asthmatikern Asyl gewährt, die vor dem Wintersmog der Großstädte flüchten und reich genug sind, um ihre Krankenkasse nicht zu belästigen.

Ich nahm ein Zimmer ohne Meeresblick, weil das zwanzig Mark billiger war, stellte meine Tasche ab und ging wieder nach unten, in die Lobby, um mir einen Inselplan zu kaufen. Den breitete ich auf einem Tisch aus und suchte nach dem Reha-Zentrum. Drei Objekte kamen in Frage, wenn ich der Ortsangabe von Nicole Kemper Glauben schenken wollte.

Ich packte den Plan und ein Fernglas in den BMW und fuhr inseleinwärts. Am Rand der Stadt, als der Abstand zwischen den Häusern größer wurde und die Natur durchschimmerte, bog ich nach links ab, Richtung Dünen. Das erste Objekt war ein Kurheim der Landesversicherungsanstalt und entsprach noch seinem ursprünglichen Zweck. Das zweite Objekt war ein Kurheim der Bundesversicherungsanstalt und stand leer. Ein großes Schild verkündete, daß der schmucke alte stuckverzierte Bau demnächst abgerissen werde. An seiner Stelle sollte, wie ich der Zeichnung auf dem Schild entnahm, ein ungleich größeres und bedeutend häßlicheres Gebäude entstehen.

Das dritte Objekt, das ich insgeheim favorisiert hatte, lag an der Nahtstelle zwischen Zivilisation und Sand. Es sah aus wie ein Krankenhaus aus den Sechziger Jahren, langgestreckt und viergeschossig mit Fenstern in gelbem Beton. Auf dem Parkplatz vor dem Gebäude standen Autos. Ich hielt an der Kreuzung vor der Zufahrtsstraße und nahm mein Fernglas zu Hilfe. Ein großes Vordach versperrte den Blick auf den Eingang, der sich in der Mitte befand. Die Fensterfront rechts vom Eingang hatte Jalousien, die bis auf eine geschlossen waren. Ich entdeckte Tische und rote Plastikstühle. Offensichtlich der Eßsaal. Ich guckte auf die Uhr: Viertel nach Zwei, für das Mittagessen zu spät und für den Nachmittagskaffee zu früh.

Um nicht im Auto zu erfrieren, stieg ich aus, schlug den Mantelkragen hoch, zog die Hutkrempe tiefer ins Gesicht und mimte den wetterfesten Wanderer. Neben dem Gebäude führte ein Fußweg die Dünen hinauf, und hier hatte ich endlich auch einen kostenlosen Blick aufs Meer. Ich richtete das Fernglas auf etwas, das eine tote Robbe hätte sein können, und drehte mich langsam um, bis ich zufällig die obere Fensterreihe des Gebäudes ins Blickfeld bekam. Eine ältere Frau in Zivilkleidung war das einzige, was ich erhaschte. Nunmehr drehte ich eine größere Runde um das Gebäude und benutzte dabei den rotgepflasterten Dünenwanderweg. Observation kann manchmal recht gesund sein.

Als ich, schon etwas erschöpft, wieder am Auto ankam, hatte ich Glück. Im Eßsaal gab es Kaffee und Hartgebäck. Und einer der Kaffeetrinker trug eine hochgeschlossene schwarze Jacke mit einem goldglitzernden Abzeichen am Revers. Ich war am Ziel. Eine viel spannendere Frage blieb jedoch vorläufig unbeantwortet: Wie sollte ich hineinkommen und mit Martin Kunstmann sprechen?

Ungefähr zu dem Zeitpunkt, als sich meine Füße in Eisklumpen verwandelten, kam ein Ordensmann, in schmuckes Schwarz gekleidet, zur Tür heraus. Er schritt auf ein Auto zu und setzte sich hinter das Steuer. Vermutlich wollte er in der Stadt eine Schachtel Zigaretten kaufen oder einen Sechserpack Bier.

Als er an mir vorbeifuhr, lag ich unter dem Armaturenbrett und zählte bis zwanzig. Dann nahm ich die Verfolgung auf.

Der Mann fuhr tatsächlich zur Einkaufsstraße von Norderney. Die Straße war so belebt wie ein Nacktbadestrand im Februar, und die Verfolgung bereitete mir einige Schwierigkeiten. Da die Blumenkübel eindeutig in der Mehrzahl waren, versuchte ich gar nicht erst, den lustwandelnden Touristen zu spielen, sondern hielt mich hinter zugigen Häuserecken und Bauzäunen auf. Ein Kribbeln in der Nase verriet mir, daß die nächste Erkältung nicht lange auf sich warten lassen würde.

Der Mann besuchte drei Geschäfte und verhandelte offenbar ausführlich mit den vereinsamten Verkäuferinnen. Zigaretten und Bier waren im Reha-Zentrum wohl doch verpönt.

Endlich hatte er, was er wollte, oder es zumindest aufgegeben, denn er strebte seinem abgestellten Auto entgegen. Ich schloß dichter auf, einen genialen Plan im Kopf und eiskalt bis in die Zehen.

Er bemerkte mich erst im letzten Augenblick und sah mich überrascht an. Ich zog die Spielzeugberetta aus der Tasche und stieß sie ihm in die Rippen.

„Beine auseinander und Hände auf das Dach!" zischte ich gefährlich. So hatte ich das in vielen US-Filmen gesehen.

Er gehorchte automatisch, Hollywood verbindet. Ich tastete ihn ab. Keine Waffen.

„Öffnen Sie die hintere Wagentür!" befahl ich ihm.

Wortlos folgte er meinen Wünschen, bis ich hinter ihm saß und die Pistole in seinen Nacken drückte.

„Starten!" knurrte ich.

„Was wollen Sie von mir?" fragte er endlich.

„Maul halten!" sagte ich im besten Mafiosi-Stil. „Fahren Sie endlich los!"

Er sah ein, daß diskutieren sinnlos war. „Wohin?"

„Zurück zum Zentrum!"

Zufrieden stellte ich fest, daß niemand meinen Überfall bemerkt hatte. Die wenigen Norderneyer kümmerten sich lieber um das sachgerechte Aufbrühen von Ostfriesentee und Grog.

Auf dem Weg zum Reha-Zentrum gab es auf der rechten Seite ein kleines Wäldchen. Ich befahl meinem Fahrer, abzubiegen. Ein holpriger Weg führte zwischen verschneiten Tannen hindurch. Ich hielt Ausschau nach einem Platz, der für meine Zwecke geeignet schien. Ein Stapel zersägter Bäume tauchte aus dem grünen Dikkicht auf. Ich zeigte sie ihm.

„Was haben Sie vor?" fragte er mit zittriger Stimme,

als er das Auto so geparkt hatte, daß es vom Weg aus nicht zu sehen war. Überhaupt zitterte alles an ihm, obwohl die Autoheizung ihr Bestes gab.

„Ziehen Sie sich aus!" sagte ich.

„Was?"

„Keine Angst, ich bin kein Perverser. Die Unterwäsche dürfen Sie anbehalten."

Das beruhigte ihn nicht sonderlich, aber die Pistole an seinem Hinterkopf ließ ihm keine andere Wahl. Nach und nach reichte er mir die Teile seiner Uniform nach hinten.

„Und jetzt raus!" herrschte ich ihn an. „Nehmen Sie den Wagenschlüssel mit!"

In blütendweißer Unterwäsche stand er vor mir, die Hände schützend vor seine Männlichkeit gelegt.

„Ich muß mal", jammerte er.

Ich war kein Unmensch.

„Öffnen Sie den Kofferraum", ordnete ich an, nachdem er sich entleert hatte.

Er starrte in das Metallgehäuse, als wäre es ein Tiefkühlfach im Leichenschauhaus. „Nein. Das können Sie nicht machen. Ich werde erfrieren."

„Ich bin in ein paar Stunden zurück." Fast tat er mir leid.

Ein letzter Blick aus weit aufgerissenen Augen, dann knallte ich den Kofferraum zu und schloß ab. Nach einigen Sekunden Bedenkzeit schloß ich noch einmal auf und gab ihm seinen schwarzen Mantel. Er bedankte sich nicht mal.

Jetzt entledigte ich mich meiner Sachen und zog die schwarze Uniform an, die mir einigermaßen paßte. Meine eigenen Klamotten rollte ich zusammen und klemmte sie unter den Arm. Aus dem Kofferraum kam kein Mucks.

Auf dem Rückweg zur Stadt setzte die Dämmerung

ein. Ein trübes, diffuses Licht begleitete mich zu meinem Wagen. Es entsprach in etwa meiner Stimmung. Nicht, weil ich zuweit gegangen war. Vielmehr, weil das Schwierigste noch auf mich wartete.

Ich legte meine Kleidung, inklusive Mantel und Hut, in den Kofferraum und fuhr den BMW zum Reha-Zentrum. Liebend gerne hätte ich mir selbst einen heißen Grog genehmigt, aber eine Alkoholfahne konnte ich mir nicht leisten.

Nachdem ich das Auto auf dem Parkplatz vor dem Reha-Zentrum abgestellt hatte, ging ich zum Eingang. Der Pförtner, ebenfalls in Schwarz, sah meine Uniform und hob die Hand zum Gruß.

„Melzig", sagte ich. „Von der Zentrale."

Er blätterte in einem Buch, das vor ihm lag. „Sie sind nicht angemeldet."

„Ich weiß. Es ist ein Geheimauftrag. Die Zentrale wollte so wenig Leute wie möglich informieren."

Er drückte auf den Türknopf, und ich betrat die Eingangshalle. Abgesehen von dem großformatigen Stokker-Bild, hätte sie auch die Umkleidekabine eines Hallenbades scin können.

Nach weniger als einer Minute erschien ein goldbetreßter Schwarzling, offensichtlich der Chef des Hauses. Ich sagte meinen Spruch auf.

Mißtrauisch guckte er mich an. „Ich habe keine Anweisungen."

„Die Sache ist eilig. Sie erhalten das Schriftliche später."

„Und um was geht es?"

„Martin Kunstmann. Die Zentrale hält ihn für ein Problem."

„Kunstmann ist vollkommen unter Kontrolle."

„Das wissen wir. Die Zentrale will ein Arrangement

mit ihm treffen. Ich habe die Aufgabe, ihm ein Angebot zu unterbreiten."

Er neigte den Kopf, nicht überzeugt, aber vor dem Risiko zurückschreckend, sich bei der Zentrale unbeliebt zu machen.

„Führen Sie mich zu ihm!" setzte ich nach, bevor er ins Grübeln kam.

Er schluckte und gab sich einen Ruck. „Bitte!"

Wir schritten durch einen langen gefliesten Gang, der mich an das Arbeitsamt von Münster erinnerte, wo ich mal ein kurzes Gastspiel gegeben hatte. Schließlich blieb mein schwarzer Führer vor einer Tür stehen, die er mit einem Schlüssel öffnete.

„Warten Sie hier! Kunstmann hat Arbeitsdienst. Ich werde ihn holen."

„Danke!"

Statt einer Antwort sah er mich nur skeptisch an.

Der Raum enthielt einen Tisch, drei Stühle und das unvermeidliche Bild von Stocker. Immerhin war er gut geheizt. Ich stellte mich ans Fenster und schaute hinaus in den inzwischen fast dunklen Abend. Das gleichmäßige Blinken des Leuchtturms hatte etwas Harmonisches.

Als sich die Tür öffnete, riß ich mich von dem Schauspiel los. Kunstmann wurde von dem Ordensmann in den Raum geschoben. Er sah nicht so gut aus wie auf dem Foto, das mir seine Frau gegeben hatte. Unter den Augen zeigten sich Schatten, und das typische Kennedy-Lächeln war im Rehabilitationszentrum verlorengegangen. Er trug einen dreckverschmierten blauen Arbeitsanzug.

Ich zeigte auf einen Stuhl. „Nehmen Sie bitte Platz!"

Er setzte sich und starrte auf seine Hände. Gehorsam war erste Kirchenpflicht.

Der Ordensmann mit dem Goldlametta am Revers blieb mitten im Raum stehen.

„Würden Sie uns bitte alleinlassen!" wandte ich mich an ihn.

Er rührte sich nicht. „Das ist gegen die Vorschrift."

Ich schaute ihn intensiv an.

Diesmal versuchte er gar nicht erst, seinen Ärger zu unterdrücken. Mit deutlicher Mißbilligung im Gesicht zog er sich zur Tür zurück. „Wenn Sie fertig sind oder Hilfe brauchen, drücken Sie auf den roten Knopf da!"

Ich folgte mit den Augen seinem ausgestreckten Arm und erblickte an der Wand neben dem Tisch einen Knopf. „Ich danke Ihnen", sagte ich mit einem maliziösen Lächeln.

Die Tür schloß sich geräuschvoll.

Martin Kunstmann schaute mich zum ersten Mal an. In seine erloschenen Augen kam etwas Leben, fast sogar Überraschung.

„Wer sind Sie?" fragte er. „Ein neuer Verhörspezialist der Zentrale?"

Ich setzte mich ihm gegenüber. „Mein Name ist Georg Wilsberg. Ich bin Privatdetektiv. Sie werden sicher schon von mir gehört haben."

Er riß die Augen auf. „Sie ... Wie sind Sie hier hereingekommen?"

„Mit Hilfe der Uniform."

Sein Gesicht verzog sich zu einem breiten Grinsen. „Alle Achtung."

Ich atmete auf. „Dann sind Sie also nicht mehr Anhänger der KAP?"

Er lachte freudlos. „Nein. Weiß Gott nicht. Ich werde hier gefangengehalten."

„Sie meinen, Sie dürfen das Zentrum nicht verlassen?"

„Genau das meine ich. Ich bin eine Gefahr für die Kirche."

„Wieso?"

Ein tiefes Ausatmen. „Das ist eine lange Geschichte."

„Ich habe ein bißchen Zeit. Meine Verabredung kann warten."

„Nun gut. Sie wissen vielleicht, daß ich nach England gefahren bin, um den Geistwesen-Klasse-I-Kurs zu machen?"

Ich nickte.

„Während dieses Kurses erfährt man seltsame Dinge. Zum Beispiel, daß die Geistwesen von einem fremden Planeten stammen. Auf diesem Planeten herrschte eine ziemliche Überbevölkerung, und eines Tages beschloß der tyrannische Herrscher des Planeten, ein paar Milliarden seiner Untertanen zu verbannen. Als Geistwesen komprimiert, wurden sie in ein einziges Raumschiff gepfercht und in den Weltraum geschossen. Irgendwann landete das Raumschiff auf der Erde, und die Geistwesen suchten sich neue Wirtskörper – die Menschen. Das ist nun auch schon einige hunderttausend Jahre her, und im Laufe der Zeit verkümmerten die Geistwesen in den Menschen. Ross Stocker behauptet nun, daß er die Herkunft der Geistwesen entdeckt habe. Und daß seine Methoden dazu führen würden, daß die Geistwesen wieder ihre frühere Intelligenz und Fähigkeiten entwickeln könnten. Übernatürliche Fähigkeiten und eine Intelligenz, die weit über der der Menschen liegt."

„Das klingt nach Science-fiction", warf ich ein.

„Das *ist* pure Science-fiction. Dummerweise bin ich Wissenschaftler, Astrophysiker sogar. Das Universum ist mein Forschungsgebiet. Ich habe mich jahrelang mit Schwarzer Materie beschäftigt."

Das war für mich genauso Science-fiction.

Er lachte über meine Bemerkung. „Das, was Sie am Himmel sehen, die Sterne und Galaxien, die helle Materie, wenn Sie so wollen, ist nur ein Bruchteil der gesamten Masse des Universums. Ungefähr 90 Prozent der Materie ist schwarz, genauer gesagt: unsichtbar. Die Schwarze Materie geht keinerlei Reaktion mit der sichtbaren Materie ein, mal abgesehen von der schwachen Gravitationskraft. Vermutlich fliegt auch unsere Erde gerade durch Schwarze Materie, und wir merken nichts davon. Schwarze Materie vom Gewicht einer Tonne könnte durch Ihre Hand fallen, und Sie würden nicht mal ein Kribbeln spüren."

Ich schaute auf meine Hand.

„Aber ich will Sie nicht mit meinem Fachgebiet langweilen. Tatsächlich glaube ich mich im Weltraum einigermaßen auszukennen, und die Geschichte von den Geistwesen widerspricht allem, was ich als Wissenschaftler weiß. Ich meldete also Zweifel an, und nach kurzer Zeit wurde ich vom Kursleiter als Störenfried eingestuft. Das bedeutete den Entzug aller Privilegien, verschärfte Trainingsbedingungen."

„Warum haben Sie nicht einfach aufgehört?"

„Ich geriet in eine seelische Krise, bekam schwere Depressionen. Die KAP hatte mir sehr viel gegeben. Ich wollte weiterhin dazugehören, ich wollte an sie glauben, aber ich konnte nicht. Ich kaufte Zusatztraining, Reparaturtraining – nichts half. Ich verzweifelte und war nahe daran, auszusteigen, da passierte etwas, das mir zwar einerseits zur Klarheit verhalf, mich aber andererseits in den Klauen der KAP festhielt. Eigentlich war es nur ein dummer Zufall."

Er machte eine Pause.

„Sie können mir vertrauen", sagte ich.

„Das ist nicht das Problem. Die Sache ist mir peinlich. Niemand versteht, wie man sich freiwillig so erniedrigen kann. Jedenfalls – ich gehörte damals der Reinigungskolonne an. Aufgrund meiner Widerspenstigkeit im Geistwesen-Klasse-I-Kurs war ich zum Reinigungsdienst abgeordnet worden. Wir mußten Papierkörbe leeren, Staub saugen undsoweiter. Eines Tages, wir reinigten gerade die Chefbüros, fand ich in einem Papierkorb eine geheime Order der KAP-Leitung. Sie enthielt Angaben über Geschäfte der KAP, schmutzige Geschäfte. Plötzlich war für mich alles klar. Noch am selben Nachmittag reichte ich mein Austrittsgesuch ein. Und das war ein schwerer Fehler. Denn dem KAP-Mann, dem das Büro gehörte, fiel am nächsten Morgen ein, daß er das Papier nicht, wie vorgeschrieben, im Reißwolf vernichtet hatte. Man forschte nach, wer in dem Büro gewesen war, und in diesem Zusammenhang wirkte mein Austrittsgesuch wie eine Selbstanzeige. Ich leugnete zwar, daß ich das Papier gelesen hatte, aber das half mir nicht mehr. Nach tagelangen Verhören in England brachte man mich hierher, wo ich wie ein Gefangener bewacht werde."

„Die können Sie doch nicht gegen Ihren Willen festhalten."

„Wer fragt nach meinem Willen?"

„Okay. Wenn Sie einverstanden sind, gehe ich gleich anschließend zur Polizei und hole Sie raus."

Hinter meinem Rücken spürte ich einen leichten Luftzug. Ich war gerade dabei, mich umzudrehen, als sich ein kräftiger Arm um meinen Hals legte. Eine zweite Hand drückte ein stinkendes Tuch auf meine Nase und meinen Mund. 30 Sekunden später mußte ich zwangsläufig einatmen. Kurz darauf wurde ich bewußtlos.

IX

Ich wachte auf und mußte niesen. Dabei merkte ich, daß mein Kopf auf etwas Nassem, Kaltem lag. Ich machte die Augen auf und sah gelb. Sand. Ich wälzte mich herum. Überall Sand. Mutterseelenallein lag ich am Strand, frühmorgens im Winter. Das beste Klima, um sich eine beidseitige Lungenentzündung zu holen. Die Nase war bereits verstopft, und erste Schluckversuche endeten schmerzhaft. Ich setzte mich auf. Das Meer leckte an meinem linken Schuh, ansonsten schien ich einigermaßen trocken und unverletzt zu sein, jedenfalls ließen sich noch alle Glieder bewegen. Ich überlegte, wo meine Erinnerung stehengeblieben war. Ach ja, das Gespräch mit Martin Kunstmann. Und dann hatte mich jemand mit einer stinkenden Flüssigkeit betäubt. Netter Zug von dieser Kirche für Angewandte Philosophie, mich nicht gleich umzubringen, sondern langsam erfrieren zu lassen. Ich stemmte mich hoch und torkelte die Dünen hinauf. Erst jetzt merkte ich, daß ich meine eigenen Klamotten anhatte. Sie hatten also den Kofferraum meines BMW geknackt. Hoffentlich stand er noch an seinem Platz! Alles, wonach mich jetzt gelüstete, war ein heißes Bad im Hotel. Ob sie wohl den Kerl im Kofferraum gefunden hatten? Wenn nicht, ging es ihm wahrscheinlich nicht besser als mir. Vielleicht sogar schlechter. Aber daran wollte ich nicht denken.

In der Ferne sah ich die oberste Etage des Reha-Zentrums. Meine Leiche sollte wohl nicht in seiner Nähe gefunden werden. Mir blieb nichts anderes übrig, als den

Dünenwanderweg zu nehmen. Immerhin, die Bewegung tat mir gut, die Arme und Beine wärmten sich langsam auf, und hätte ich nicht dauernd niesen müssen, wäre daraus fast so etwas wie ein Morgenspaziergang geworden.

Vor dem Reha-Zentrum bog ich ab und nahm den Umweg über die Hauptstraße, um nicht in Sichtweite der Tempelritter zu kommen. Von der Straße aus näherte ich mich vorsichtig dem Parkplatz. Kein BMW. Ich suchte in meinen Taschen. Kein Autoschlüssel. Der ganze Weg umsonst. Ich hätte heulen können.

Auf dem Rückweg in den Ort machte ich einen Schlenker ins Wäldchen. Der Wagen des Ordensmannes stand nicht mehr hinter dem Holzstapel. Eigentlich war ich ganz froh darüber, daß er die Nacht im Warmen verbringen durfte.

So sehr mich auch die Badewanne reizte, sah ich doch ein, daß das Dringendste zuerst getan werden mußte. Verfroren, hundemüde, verdreckt und mit triefender Nase betrat ich die Polizeiwache am Ortseingang. Der einzige Polizeibeamte starrte mich entgeistert an. Penner, die im Winter am Strand schliefen, hatte es bis dahin auf Norderney noch nicht gegeben.

Ich räusperte mich. „Mein Name …“, meine Stimme war eine Oktave tiefer als üblich, „… ist Georg Wilsberg. Ich bin Privatdetektiv. Ich möchte einen Fall von Freiheitsberaubung anzeigen.“

Er kriegte den Mund nicht zu.

„Es handelt sich um das Haus der Kirche für Angewandte Philosophie, draußen am Strand. Dort wird ein Mann gegen seinen Willen festgehalten.“

Er schluckte mit einem lauten Glucksen. „Wer sind Sie?“

„Das habe ich doch schon gesagt: Georg Wilsberg.“

„Ihren Ausweis!“

Ich tastete meine hintere Hosentasche ab. Natürlich, das Portemonnaie war auch verschwunden.

„Tut mir leid, ich habe keinen dabei."

„Irgendetwas anderes, womit Sie sich ausweisen können, Führerschein oder so?"

„Mein Portemonnaie mit allen Papieren ist mir gestohlen worden."

„Aha." Er schien nicht überzeugt. „Wo wohnen Sie?"

Ich nannte mein Hotel.

Er betrachtete mich von oben bis unten, insbesondere die Flecken auf meiner Kleidung.

„Man hat mich betäubt und am Strand abgelegt."

„Soso. Wer soll das getan haben?"

„Die Leute von der Kirche für Angewandte Philosophie."

„Soso. Haben Sie dafür Zeugen?"

„Nein. Es geht auch nicht um mich, obwohl ich durchaus daran denke, später eine Anzeige wegen Körperverletzung zu stellen. Zunächst aber möchte ich einen Professor für Astrophysik namens Martin Kunstmann, der in dem bereits erwähnten Zentrum der Kirche für Angewandte Philosophie festgehalten wird, freibekommen. Dazu müßten Sie mit mir in Ihren Streifenwagen steigen und auf dem schnellsten Weg dorthin fahren."

„Moment! So schnell geht das nun auch wieder nicht. Erst einmal muß ich Ihre Angaben überprüfen."

„Gut. Dann rufen Sie im Polizeipräsidium von Münster an und lassen sich mit Hauptkommissar Stürzenbecher verbinden! Der wird notfalls für mich bürgen."

Er sah mich an, als wäre ich eine Gefahr für den sauberen PVC-Boden. „Bleiben Sie da stehen und rühren Sie nichts an!" Dann ging er in den Nebenraum, ließ aber die Tür einen Spaltbreit offen, um mich ab und zu durch den Spalt zu begutachten.

Nach ein paar Minuten kehrte er zurück. „Soweit alles klar. Nun zu diesem ... wie hieß er noch?"

„Martin Kunstmann." Und ich erzählte in knappen Sätzen und mit großen Auslassungen die Geschichte von Martin Kunstmann.

Anschließend griff er wieder zum Telefon, diesmal in meiner Gegenwart. „Horst, kannst du mal eben rüberkommen! Wir haben da einen Einsatz. ... Ja, es ist dringend, sonst würde ich ja nicht ..." Er lächelte mich entschuldigend an. „Wir sind nur zu zweit, wissen Sie. Im Winter ist ja nichts los."

Horst kam zehn Minuten später und war äußerst ungehalten. Seine Laune besserte sich nicht, als er mich sah. Gemeinsam fuhren wir zum Reha-Zentrum, während ich ihnen das Auto vollnieste.

Der Mann am Eingang zeigte keine Reaktion. „Martin Kunstmann? Nein, der ist nicht hier."

Auch der goldbehaftete Ordenshäuptling hatte sich gut vorbereitet. Er tat so, als würde er mich nicht kennen, und bestritt, den Namen Martin Kunstmann jemals gehört zu haben, geschweige denn, daß sich ein solcher in den heiligen Räumen der Kirche für Angewandte Philosophie aufhielte.

„Wollen Sie leugnen, daß wir gestern miteinander geplaudert haben?" fuhr ich ihn an, als es mir zu bunt wurde.

Er schaute mich indigniert an. „Ich habe Sie noch nie gesehen."

Ich bewunderte seine Beherrschung.

Nun mischte sich der Polizist ein, mit dem ich zuerst gesprochen hatte und der sich im Gespräch mit Horst als Peter entpuppte: „Herr Wilsberg behauptet, daß er gestern in diesem Haus war und mit Herrn Kunstmann gesprochen hat."

Der Ordensmann guckte leicht belustigt. „Demnach

steht Behauptung gegen Behauptung. Ich kann aber gerne einige meiner Mitarbeiter rufen lassen. Alle werden Ihnen bestätigen, daß es hier keinen Kunstmann gibt."

„Dann haben Sie bestimmt nichts dagegen, wenn wir uns ein bißchen umsehen?" grummelte Horst, ganz der bärbeißige Bulle.

„Haben Sie einen Durchsuchungsbefehl?" fragte der Schwarzling und zog die Augenbrauen hoch.

„Nein", gab Horst zu.

„Dann muß ich Ihnen leider den Eintritt verwehren. Das hier ist eine therapeutische Einrichtung. Polizisten, die Fragen stellen, könnten unsere Patienten unnötig aufregen."

„Das ist ein Gefängnis und keine Klinik", brüllte ich.

Peter zog mich am Ärmel.

Auf der Rückfahrt hingen wir unseren Gedanken nach.

„Schon seltsam, diese Sektenfritzen", sagte Horst nach einer Weile.

„Und Sie bleiben dabei, daß Sie mit Kunstmann geredet haben?" fragte Peter.

„Selbstverständlich. Fragen Sie Kunstmanns Frau! Die wird Ihnen bestätigen, daß er von der Sekte festgehalten wird."

„Ich ruf den Staatsanwalt an", entschied Peter. „Mal sehen, vielleicht kriegen wir ja eine Hausdurchsuchung."

„Tun Sie das! Und behalten Sie die Fähre im Auge! Kann gut sein, daß sie Kunstmann wegschaffen wollen."

Die Frau am Empfang gab mir den Zimmerschlüssel mit spitzen Fingern, sagte aber nichts. Im Zimmer schälte ich mich aus dem Clochardkostüm und ging ins Bad. Obwohl mir genug Dinge einfielen, die erledigt werden mußten, gönnte ich mir zuerst das versprochene heiße

Bad. Zehn Minuten lang war die Welt wieder in Ordnung.

Nachdem ich meine ausgetrocknete Haut einer Behandlung unterzogen hatte, griff ich zum Telefon. Sigi nahm nach dem ersten Läuten ab.

„Georg! Ich dachte schon, die KAP hätte dich verschleppt."

„Nein. Ich habe mir nur eine tödliche Grippe eingefangen, bin betäubt und den Möwen zum Fraß vorgeworfen worden."

Sigi lachte. Humor besteht zu 100 Prozent aus Schadenfreude.

Ich klärte Sigi auf und bat sie, mich mit ihrem Wagen abzuholen. Schließlich hatte ich keinen Pfennig Geld in der Tasche und mußte am Abend auf dem Domplatz sein, um dem Juwelier Hagedorn 100.000 Mark abzunehmen. Dann rief ich bei Anja Kunstmann an. Sie war nicht zu Hause.

Während der Fahrt nach Münster verbrauchte ich zwei Päckchen Papiertaschentücher. Wir hielten an zwei Raststätten, und ich versuchte zweimal, Anja Kunstmann anzurufen. Erfolglos. Sigi erzählte von dem Ärger mit dem Steuerberater, da ich natürlich vergessen hatte, nach dem braunen Aktenkoffer zu suchen, in dem sich ein paar wichtige Belege befanden. Ich fragte nach Hagedorn. Koslowski und Eger hatten die Observierung fortgesetzt, obwohl wir ja inzwischen wußten, daß er sich selbst beklaut hatte. Aber für den Fall der Fälle, Selbstmord oder Flucht ins Ausland, sollten die beiden in der Nähe sein, um notfalls eingreifen zu können. Ich rechnete allerdings nicht damit, und Sigi bestätigte, daß der gute Hagedorn seine tägliche Arbeit verrichtete, als gäbe es keine Erpresser auf der Welt.

Kurz vor Greven kamen wir in einen Stau, und beim

schrittweisen Vorrücken sahen wir, daß mehrere Autofahrer ihre Bremssysteme überschätzt hatten.

Langsam rückte der Stundenzeiger auf die Acht zu, und ich wurde etwas nervös. „Hast du Hjalmar instruiert?" erkundigte ich mich.

Sigi nickte. „Seit sieben Uhr beobachtet er den Domplatz. Um fünf vor Acht ist er vor dem Büro."

Punkt fünf vor Acht sprang ich aus Sigis Auto. Hjalmar Koslowski stand auf dem Prinzipalmarkt wie ein Zoowärter im Löwengehege, unerschütterlich.

„Hallo, Hjalmar!" rief ich.

„Gut, daß du kommst. Ich dachte schon, ich müßte den Kies alleine holen." Er zog den Arm aus seiner braunen Lederjacke und reichte mir eine riesige Pfote.

„Dann wollen wir mal", sagte ich. „Ist Hagedorn schon da?"

„Seit zehn Minuten. Mit einem Päckchen unter dem Arm."

„Bestens. Ich glaube, der Abend ist gerettet."

Wir warfen noch einmal einen Blick in die Runde. Keine unscheinbar gekleideten Männer, die sich die Geschäftsbedingungen der Parkplatzverwaltung durchlasen oder vor der öffentlichen Herrentoilette herumlungerten. Hagedorn stand da, wo er vor zwei Tagen gestanden hatte. Wir gingen gemessenen Schrittes auf ihn zu. Seine Nase war in der Zwischenzeit nicht bleicher geworden.

„Guten Abend, Herr Hagedorn", sagte ich. „Sind Sie bei Ihrer Bank fündig geworden?"

„Hier!" Er drückte mir umstandslos das Päckchen in die Hand. „Und belästigen Sie mich nicht noch einmal! Beim nächsten Mal gehe ich zur Polizei."

„Kein Problem", sagte ich. „Mein Kumpel und ich fahren morgen für längere Zeit nach Teneriffa. Wir werden jeden Tag ein Glas auf Sie trinken."

Einen Moment lang überlegte er, ob er mir die Augen auskratzen sollte, dann entschied er sich für den zivileren Weg.

„Schönen Abend noch!" rief ich ihm nach.

„Unfreundlicher Kerl", bemerkte Hjalmar.

„Das ist er. Woran liegt es nur, daß viele Menschen im Alter so verbittert werden?"

Wir warteten fünf Minuten und kehrten dann zu meinem Büro zurück, das gleich um die Ecke lag. Ich legte das Päckchen auf den Schreibtisch und wickelte es behutsam aus. Glänzend neue Hundertmarkschein. Ich zählte bis zehntausend und machte aus dem Rest Häufchen. „Scheint zu stimmen."

Dann öffnete ich den Wandsafe und packte alles hinein. „Wenn morgen früh jemand den Safe geknackt hat, weiß ich, daß du es warst", drohte ich Hjalmar lachend.

Er lachte zurück.

Mir fiel ein, daß ich völlig blank war. Also schloß ich den Safe noch einmal auf und nahm tausend Mark heraus. „Das ist für die Spesen. Laß uns einen trinken! Der Erfolg muß gefeiert werden."

Wir gingen zu einer nahe gelegenen Kneipe, die so klein ist, daß der Wirt Platzkarten ausgeben könnte. Schließlich fanden wir ein Eckchen mit Tisch und zwei Hockern und bestellten eine große Paella und Bier. Anschließend trank Hjalmar noch mehr Bier und Cognac, und ich trank katalanischen Punsch. Hjalmar erzählte von seiner Ex-Frau, die im Laufe des Abends immer netter wurde, und ich steuerte Geschichten von meiner Ex bei, die sie in nicht so günstigem Licht stehen ließen.

Plötzlich, der hochprozentige Punsch hatte meinen Körper mit wohliger Wärme ausgefüllt und das Kneipengebrüll mit Watte zugedeckt, sagte eine Stimme neben mir: „Hier bist du also. Ich versuche seit Tagen, dich zu erreichen. Hörst du deinen Anrufbeantworter nicht ab?"

Ich fiel fast vom Hocker. „Elke! Du bist das!“

„Wer denn sonst? Warum meldest du dich nicht bei mir? Ich möchte mit dir reden.“

„Was gibt es da noch zu reden?“ sagte ich und ließ einen Zigarillo in den Punsch fallen. Sollte ich von dem marokkanischen Taxifahrer anfangen oder von ihren ewigen, unbegründeten Vorwürfen?

„Du kannst dich nicht einfach so verpissen. Wann hast du Zeit?“

Ich versuchte mich zu konzentrieren. „Heute geht es nicht. Ich bin viel zu betrunken. Morgen auch nicht. Vielleicht übermorgen.“

„Oder vielleicht gar nicht?“

Ich nahm den Zigarillo aus dem Glas und brach ihn in der Mitte durch, um das trockene Ende zu rauchen. „Weißt du …“

Ein klatschendes Geräusch neben meinem Ohr und ein heißes Kribbeln auf der Wange sagten mir, daß ich eine Ohrfeige bekommen hatte. Und wahrscheinlich wäre ich auch auf das hinter mir stehende Klavier gefallen, wenn Hjalmar mich nicht festgehalten hätte.

Darauf mußten wir erst mal einen trinken. Und irgendwann schleppte Hjalmar mich zu dem Taxi, das er gerufen hatte.

X

Das Klingeln des Telefons riß mich aus einem schlimmen Alptraum mit Elke in der Hauptrolle.

„Hallo, Chef!"

Ich brummte.

„Ich wollte dich nur daran erinnern, daß du um Elf den Termin bei Doktor Gross hast."

„Wie spät ist es?"

„Zehn."

„Und da weckst du mich jetzt schon?"

„Ich habe einkalkuliert, daß du schlecht aus dem Bett kommst."

„Danke."

Ich sank auf das Kissen zurück. Wie hatte ich nur früher meine Arbeit ohne Sekretärin schaffen können? Ich atmete ein paarmal mit geschlossenen Augen und überprüfte meinen Gesundheitszustand. Die Erkältung schien etwas zurückgegangen zu sein, dafür folterten die katalanischen Punsche meine Gehirnwindungen.

Nach zehn Minuten wälzte ich mich aus dem Bett und schlich ins Badezimmer, um mir etwas Wasser in die Augen zu spritzen. Dann zog ich mich an, warf zwei Aspirin in ein Glas Wasser und munitionierte die Espressomaschine. Zuerst trank ich die Aspirin, dann den Espresso. Das war das Frühstück. Ich behielt es bei mir.

„Doktor Gross wartet bereits auf Sie", sagte die Sekretärin, als ich in der siebten Etage der Sächsischen Versicherung ankam.

„Wilsberg, na endlich!“ begrüßte mich Gross, als ich sein Spielfeld von Büro betrat. „Ihre Sekretärin vertröstet mich seit Tagen. Ich dachte schon, Sie wären untergetaucht.“

„Wegen eines anderen Falles mußte ich nach Norderney.“

„Ihr Privatdetektive habt’s doch gut: frische Luft, schöne Frauen, aufregende Geschichten.“

Ich lachte gequält.

„Und?“ Er zeigte auf meine Aktentasche. „Haben Sie da was für mich? Ihre Sekretärin machte so eine Andeutung.“

Ich öffnete die Aktentasche und ließ ihn einen Blick hineinwerfen. Als er die vielen Scheine sah, stieß er einen Pfiff aus.

„Lassen Sie mich raten! Das Geld stammt von Hagedorn.“

„Richtig.“

Sofort hob er den Zeigefinger und legte ihn vor seinen breiten Mund, wobei seine Augen in alle möglichen Richtungen guckten.

„Kein Wort mehr, Herr Wilsberg! Passen Sie auf, wir machen das so:...“ Es folgten einige Regieanweisungen, die seine langjährige Routine verrieten. Andererseits hätte er mit ruhigem Gewissen einen Eid schwören können, daß in seiner Gegenwart nie von illegalen Methoden die Rede gewesen sei.

Um Halbzwölf meldete die Sekretärin das Eintreffen des Juweliers Hagedorn.

„Herein mit ihm!“ donnerte Gross fröhlich in die Sprechanlage und rieb sich die Hände. Dann sprang er auf und eilte zur Tür.

„Herr Hagedorn! Schön, Sie zu sehen!“

Der Greis blinzelte erstaunt, als er das schielende Vorstandsmitglied der Sächsischen Versicherung sah. Soviel Freude über die Ausgabe eines 500.000 Mark-Schecks hatte er nicht erwartet.

„Ich dachte, daß ich ...", stammelte er.

„Kommen Sie doch herein!" sagte Gross jovial und nahm den alten Mann am Arm.

Auf dem Weg zur Besucherecke entdeckte Hagedorn mich. Wie Frau Lot erstarrte er zur Salzsäule.

„Das ist Herr Wilsberg", plauderte Gross weiter. „Sie kennen sich vielleicht?"

Hagedorn hatte Mühe mit den letzten Schritten. Wie ein nasser Sack plumpste er auf das Sofa.

„Oh, meine Herren", jammerte Gross gekünstelt. „Ich habe meine Unterlagen vergessen. Ich glaube, ich muß Sie ein paar Minuten alleinlassen. Möchten Sie Kaffee, Cognac?"

Ich sagte „Nein, danke!", Hagedorn sagte gar nichts.

Als Gross draußen war, nahm ich die Aktentasche und warf sie auf den Tisch. „Ihre Hunderttausend, Herr Hagedorn."

Er sah aus wie jemand, der sechs Richtige im Lotto hat und dann erfährt, daß die Lottoannahmestelle abgebrannt ist.

„Ich mache Ihnen einen Vorschlag: Sie nehmen die Hunderttausend und ziehen Ihre Schadensmeldung zurück. Dann vergessen wir die ganze Geschichte."

Gross kam zurück und hüpfte herum wie ein Heinzelmännchen. „Na, meine Herren, haben Sie sich gut unterhalten?"

„Ich ziehe die Schadensmeldung zurück", flüsterte Hagedorn.

„Ach! Tatsächlich? Na ja, das kann jedem mal passieren. Man glaubt, daß man bestohlen worden ist, und dann finden sich die Sachen in der untersten Schublade wieder. Schwamm drüber, Herr Hagedorn!"

„Was ... was sagen Sie der Polizei?"

„Wir? Der Polizei? Was haben wir mit der Polizei zu schaffen? Sie sind ein guter Kunde, Herr Hagedorn. Sie müssen selber wissen, ob Sie die Anzeige zurücknehmen wollen oder nicht. Wir halten uns da raus."

„Danke."

„Nichts zu danken, Herr Hagedorn!" Gross zog Hagedorn hoch und leitete ihn zur Tür. „War jedenfalls schön, daß Sie mal vorbeigeschaut haben. Und einen guten Tag!"

Als er Hagedorn abgeliefert hatte, ging Gross zu seinem Schreibtisch. „Mein Gott, ich dachte schon, wir müßten den Notarztwagen rufen. Wenn man nicht den Nerv dazu hat, soll man auch keine krummen Dinger drehen."

Er nahm einen Scheck von der Schreibtischunterlage. „Und nun zu Ihnen, Herr Wilsberg! Der verdiente Lohn für gute Arbeit."

Ich las fünfzigtausend, in Buchstaben und Zahlen. Der Tag ließ sich gut an.

Als ich zum Büro kam, stand vor dem Haus ein Polizeiwagen mit rotierendem Blaulicht, daneben ein grauer PKW, der verdächtig nach Kripo aussah. Mein Magen meldete sich, und meine hochfliegende Stimmung flog noch höher, bis sie völlig entschwunden war. Sollte Hagedorn, dieser hundsföttische Alte, tatsächlich zur Polizei gegangen sein?

Vor der Eingangstür zu den Büroräumen stand ein breitbeiniges, in Grün gekleidetes Milchgesicht, das die wenigen Schnurrbarthaare hegte und pflegte, ohne daß daraus ein Bart geworden war.

„Hier können Sie nicht rein", maulte es mich an.

„Zufällig bin ich der Inhaber der Detektei. Vielleicht kann ich Ihren Kollegen bei den Ermittlungen behilflich sein."

„Sind Sie Georg Wilsberg?"

„Alles spricht dafür."

„Warum sagen Sie das nicht gleich?"

Ich schüttelte den Kopf und drängte mich an ihm vorbei. Ein Bürger in Uniform ist eben doch kein richtiger Bürger.

Sigi stand mit hochrotem Kopf im Empfangsraum, aus meinem Arbeitszimmer hörte ich ein halblautes Stimmengewirr.

„Was ist los?" fragte ich. „Was suchen die?"

„Keine Ahnung", sagte Sigi. „Ich wollte sie nicht reinlassen, aber sie hatten einen Durchsuchungsbefehl."

Ich öffnete die Tür zu meinem Arbeitszimmer und sah drei Männer, die den Schreibtisch und die Schränke durchwühlten. Den einen, der am Aktenschrank stand, kannte ich gut.

Klaus Stürzenbecher drehte sich zu mir herum. Er war älter und grauer geworden, seit ich ihn das letzte Mal gesehen hatte. Seine fahle Gesichtsfarbe verriet, daß sich das Arbeitsklima im Polizeipräsidium nicht gebessert hatte. Stürzenbecher war Hauptkommissar und Leiter der Mordkommission.

„Seit wann bist du für Versicherungsbetrug zuständig?" fragte ich.

„Versicherungsbetrug?" Stürzenbecher runzelte die Stirn.

Verdammt nochmal, was quatschte ich da rum? „Einer der Fälle, an denen ich gerade arbeite", sagte ich und versuchte, möglichst gleichmütig zu klingen.

„An welchen Fällen arbeitest du sonst noch?"

„Muß ich das sagen?"

„Es wäre besser für dich."

Wir starrten uns an.
„Sag mir zuerst, was du da suchst!"
„Ich suche die Akte Anja Kunstmann."
Mir wurde schwindelig. Ich fühlte mich überhaupt nicht gut. Langsam setzte ich mich auf einen der Freischwinger.
„Anja? Wieso Anja?"
„Weil sie auf mysteriöse Weise zu Tode gekommen ist. Weil wir in ihrer Wohnung deine Telefonnummer gefunden haben. Und noch aus einem schwerwiegenderen Grund."
Automatisch fragte ich: „Der wäre?"
„Sie saß in deinem Auto."
Ich war nicht bewußtlos, aber auch nicht aufnahmefähig. Stürzenbecher stellte mir Fragen, die ich nicht verstand. In meinem Gehirn war nur Nebel. Nebel, durch den finstere Gestalten stapften, die sich ab und zu herabbeugten und mich aus nächster Nähe betrachteten. Schock nennt man das wohl.
Als ich wieder soweit war, bat ich Sigi, mir eine Tasse Kaffee zu bringen. Dann sagte ich zu Stürzenbecher: „Schick deine Leute raus! Ich erzähl dir die Geschichte."
Er gab den beiden anderen ein Zeichen und setzte sich auf den zweiten Freischwinger. Und ich erzählte, von Anfang an.

XI

“Es gibt keinen Grund, warum sie die Absperrung durchbrochen hat und in vollem Tempo in das Hafenbecken gesaust ist. Die Straße war leer, nicht vereist und nicht glitschig. Es war hellichter Tag. Mindestens zwei Zeugen haben ausgesagt, daß sich niemand in der Nähe des Autos befand, als es passierte. Nach dem vorläufigen Befund lassen sich keine Verletzungen feststellen, die nicht von dem Aufprall herrühren. Natürlich ist es möglich, daß sie unter Medikamenten- oder Drogeneinfluß stand, aber das werden wir erst nach der Obduktion erfahren. Also war es ein Unfall – oder Selbstmord.“

„Vielleicht hat jemand an den Bremsen oder der Lenkung herumgefummelt“, sagte ich.

Stürzenbecher wiegte den Kopf. „Auch möglich. Aber es wird schwierig sein, das zu beweisen. Von dem Auto ist nicht viel übriggeblieben.“

Von ihr wahrscheinlich auch nicht, dachte ich und kämpfte gegen die Übelkeit an.

„Wieso ist sie eigentlich nach Norderney gefahren?“ fragte ich, um mich abzulenken.

„Tja, genau wissen wir das nicht. Ihre Freundin, eine gewisse Kerstin Mierbaum, hat uns erzählt, daß die Kunstmann einen Anruf von ihrem Mann bekommen hat. Den Inhalt des Telefongesprächs wollte sie nicht preisgeben. Die Mierbaum hat sie gedrängt, doch endlich zur Polizei zu gehen, aber davon wollte Frau Kunstmann nichts hören. Wir nehmen an, daß ihr Mann sie gebeten hat, nach Norderney zu kommen."

Ich lächelte grimmig. Und genau zu dem Zeitpunkt war ich bewußtlos. Haben Sie Vertrauen zu Georg Wilsberg! In entscheidenden Momenten fällt er in Tiefschlaf.

„Die Sache war eine Nummer zu groß für dich", hieb Stürzenbecher in dieselbe Kerbe. „Ein Mann allein gegen eine ganze Sekte. Das ist nicht mutig, sondern schwachsinnig."

Ich fühlte mich schuldig, obwohl ich nicht genau sagen konnte, was ich falsch gemacht hatte. Irgendwie, da hatte Stürzenbecher schon recht, war mir der Fall über den Kopf gewachsen. Einen Moment lang dachte ich daran, wieder Briefmarken- und Münzhändler zu werden. Was für eine anregende, beruhigende und zugleich faire Tätigkeit war es doch, Menschen seltene Münzen und Briefmarken zu verkaufen! Ob ich Willy die Sammlungen abkaufen sollte, die er im Keller des Kaufhauses verstaut hatte?

Ich schaute nach draußen. Fadenregen klatschte gegen die Scheiben von Stürzenbechers Auto. Wir waren irgendwo zwischen Papenburg und Emden, auf dem Weg nach Norden, zu Peter und Horst, den sympathischen Polizisten von Norderney, und zum Reha-Zentrum der KAP, das ich diesmal, mit Hilfe von Stürzenbecher, auf den Kopf zu stellen gedachte.

Als wir auf Norderney ankamen, war es bereits dunkel. Peter und Horst saßen beide in der kleinen Polizeiwache. Sie sahen aus wie zwei Schüler, die man zum Nachsitzen verdonnert hatte, und begrüßten uns nicht gerade überschwenglich. Horst machte immer noch den Eindruck, als hätte er sich für die letzten Tage etwas Besseres vorgenommen.

„Wo ist sie?“ fragte Stürzenbecher.

„Im Krankenhaus“, sagte Peter. „Ein Kommissar aus Emden war da. Er hat gesagt, wir sollen mit der Überführung warten, bis Sie sie angeschaut haben. Wegen der Identifizierung.“

„Ausgezeichnet“, meinte Stürzenbecher. Ich konnte mich da nicht anschließen.

„Hat sich etwas Neues bezüglich Martin Kunstmann ergeben?“ erkundigte ich mich.

„Nee“, sagte Horst. „Wir waren noch mal da, als wir seine Frau gefunden haben. Ich meine, auf dem Personalausweis stand Kunstmann. Und da dachten wir, das könnte seine Frau sein. Aber die Sektenfritzen behaupten steif und fest, daß sie weder mit ihm noch mit ihr was zu tun haben.“

„Die haben mein Auto geklaut. Und sie *saß* in meinem Auto. Also besteht ein Zusammenhang.“

„Woher sollten wir wissen, daß Ihr Auto gestohlen wurde? Als Sie bei uns waren, haben Sie darüber kein Wort verloren.“

Ich ballte die Faust. „Ich mußte sofort zurück nach Münster. Wegen eines anderen Falles.“

Stürzenbecher guckte mich von der Seite an. „Der Versicherungbetrug?“

„Ja, der Versicherungsbetrug.“

Peter sagte: „Das Beste wäre gewesen, Sie hätten uns alles erzählt.“

„Ich weiß. Aber jetzt ist es zu spät.“

„Viel zu spät“, meinte Horst.

Ich hätte im Boden versinken mögen.

Peter brach das Schweigen: „Ich habe den Staatsanwalt angerufen. Der wollte sich um die Durchsuchung kümmern, nachdem er mit Frau Kunstmann gesprochen hat. Dazu ist es ja leider nicht mehr gekommen.“

Es wurde immer schlimmer. Endlich machte Stürzenbecher der Peinlichkeit ein Ende: „Dann fahren wir erst mal zum Krankenhaus. Anschließend werde ich ein paar Dinge mit Emden klären. Diese KAP-Leute sollen uns nicht ungeschoren davonkommen. Sie haben die Fähre kontrolliert?"

„Einer von uns beiden war da, wenn eine Fähre abgelegt hat", sagte Peter. „Es ist keiner draufgegangen, den wir nicht kannten."

Obwohl Norderney ein einziges großes Krankenhaus ist, vollgestellt mit Kur-, Erholungs-, Kinder- und Müttergenesungsheimen, mit Spezialkliniken für Bronchien, Asthma, Neurodermitis und Schuppenflechte, gibt es auch noch ein kleines allgemeines Krankenhaus. Dorthin hatte man Anja Kunstmann gebracht, genauer gesagt das, was von ihr übriggeblieben war.

Ein junger nervöser Arzt, der unangenehm nach Teer- und Moorpackungen roch und rote Flecken im Gesicht hatte, begrüßte uns, nachdem er von der Nachtschwester geholt worden war.

Er redete unentwegt, während wir eine Treppe hinabstiegen. „Wir haben ja keine Kühlfächer, weil die Toten nie lange bei uns bleiben. Wenn eine Obduktion durchgeführt werden soll, braucht man eigentlich ein Kühlfach. Aber bei diesen Temperaturen, im Keller ist es unter zehn Grad, dürfte das kein Problem sein. Hier entlang, meine Herren! Erschrecken Sie nicht, wenn Sie sie sehen! Der Brustkorb ist völlig eingedrückt. Das Gesicht wurde von Splittern zerfetzt. Im Grunde keine schweren Verletzungen, aber es sieht halt nicht so schön aus. Der Unterleib dagegen ist vollkommen unversehrt."

„Muß das sein?" fragte ich Stürzenbecher.

„Wir haben im Moment keinen anderen, der sie identifizieren kann."

Seine Stimme klang etwas dumpfer als sonst. In manchen Dingen kriegen auch Bullen keine Routine.

Sie lag auf einem fahrbaren Gestell, zwischen Kisten und ausrangierten Waschbecken. Bedeckt mit einem weißen Laken. Fehlte nur, daß ein Fuß herausragte und am großen Zeh ein Zettel hing mit der Aufschrift: Anja Kunstmann.

Der Arzt schlug das Laken zurück. „Sehen Sie, was ich meine!"

Ich sah es.

Stürzenbecher legte mir den Arm auf die Schulter und schob mich näher ran. „Guck sie dir genau an! Ist das Anja Kunstmann?"

Ich nickte.

„Okay", sagte Stürzenbecher. „Sie können sie wieder zudecken."

„Wollen Sie nicht mehr sehen?" fragte der Arzt enttäuscht.

„Nein, danke! Lassen Sie sie morgen früh nach Emden in die Gerichtsmedizin bringen! Mich interessiert alles. Was sie zuletzt gegessen hat, ob irgendwelche Medikamente oder anderen Substanzen nachzuweisen sind, ob sie vor ihrem Tod Geschlechtsverkehr hatte."

„Natürlich", sagte der Arzt kühl. „Ich habe hier leider nicht die nötigen Instrumente, sonst würde ich es gerne selber machen."

Ich übergab mich nicht, aber ich sog die eisige Luft vor dem Krankenhaus bis in die untersten Lungenspitzen.

„Ich fahr nochmal zur Polizeiwache", sagte Stürzenbecher. „Morgen früh räuchern wir dieses KAP-Nest aus. Du kannst ja inzwischen zum Hotel gehen."

Ich nickte, und Stürzenbecher verschwand. Dann setzte ich mich auf die Treppe des Krankenhauseinganges.

Am Himmel zeigte sich die Milchstraße. Und viel Schwarze Materie.

Eine Viertelstunde später war ich im Hotel. Diesmal nahm ich ein Zimmer mit Meerblick. Vor unserer Abreise hatte ich Sigi den 50.000 Mark-Scheck in die Hand gedrückt und sie gebeten, ihn zur Bank zu bringen.

Vom Meer war allerdings nicht viel zu sehen. Ein bißchen weiße Gischt, das war alles. Genauso öde wie das Hotelzimmer. Ich nahm ein Bad und ging hinunter in die Hotelbar. Sie war leer, bis auf zwei Damen um die Fünfzig, die sich Geschichten über ihre Krankheiten erzählten.

Nach dem dritten Martini kam Stürzenbecher und setzte sich neben mich.

„Sie war eine schöne Frau."

Ich sagte nichts.

„Hattest du was mit ihr?"

„Ich möchte nicht darüber reden."

Stürzenbecher bestellte ein Bier und schwieg.

„Was machen die Kinder?" fragte ich.

„Sie werden größer. Mark ist sitzengeblieben, weil er lieber Karten spielt und sich mit seinen Kumpanen besäuft, als etwas zu lernen. Letzte Woche mußten wir ihn mit Anzeichen einer Alkoholvergiftung ins Krankenhaus bringen."

Andere Leute, andere Probleme.

Stürzenbecher weckte mich um vier Uhr morgens. Um diese Uhrzeit ist mein Blutdruck so niedrig, daß man damit nicht mal einen Fahrradschlauch aufpumpen könnte. Trotzdem schaffte ich es innerhalb einer Viertelstunde, meine Körperteile in Textilien zu verstauen.

Es klopfte an der Tür. Stürzenbecher trug einen Schimanski-Parka und eine Pudelmütze, kein besonders autoritätserheischender Anblick.

„Zieh dich warm an! Es ist kalt draußen."

„Glaubst du, daß man schon einen Kaffee kriegen kann?"

„Nein. Außerdem müssen wir los."

Wir fuhren zu der kleinen Polizeiwache. Stürzenbecher hatte zwanzig Mann Verstärkung auf die Insel beordert, und die saßen mit dumpf-trägen Gesichtern in einem Kleinbus. Peter und Horst waren auch schon auf den Beinen. Bei einem solchen Einsatz mußten sie natürlich dabei sein. Peter hatte sogar eine Thermoskanne mit Ostfriesentee dabei, wofür ich ihm sehr dankbar war. Horst stieg in den Kleinbus, Peter in Stürzenbechers Auto, dann gab Stürzenbecher das Startkommando.

Das Reha-Zentrum war genauso dunkel wie alle anderen Häuser auf der Insel. Wir fuhren direkt auf den Parkplatz, und Stürzenbecher schickte fünf Polizisten zur Rückseite. Dann verteilte er fünf weitere auf die Vorderseite, mit dem Rest gingen wir zum Portal.

Stürzenbecher behielt den Finger auf der Klingel. Das Schellen weckte nicht einmal schlafende Hunde. Er gab einem der beiden Axtträger ein Zeichen, und der haute die große Glasscheibe zu Scherben. Zwanzig Lederstiefel trampelten über Splitter.

„Ausschwärmen und die Zimmer durchsuchen! Fragen Sie jeden, den Sie finden, nach seinem Namen! Sollte ein Martin Kunstmann dabei sein, bringen Sie ihn sofort hierher! Alle anderen müssen in zehn Minuten in der Eingangshalle sein."

Zehn Polizisten schwärmten aus. Wir hörten, wie sie Türen öffneten und wieder schlossen. Ansonsten war es ruhig, sehr ruhig, zu ruhig.

Zehn Minuten später waren die Polizisten wieder da.

„Das Gebäude ist leer", sagte einer.

Die anderen nickten.

Stürzenbecher riß sich wütend die Pudelmütze vom

Kopf und warf sie auf den Boden. „Die Bande ist ausgeflogen. Aber wohin?“

Peter und Horst guckten sich an. Beide hatten den selben Gedanken.

„Es gibt da eine Möglichkeit“, setzte Peter an. „Wir haben nämlich einen Flughafen.“

Stürzenbecher kochte. „Und Sie haben keine Anweisung gegeben, alle Flugbewegungen sofort zu melden?“

„Nein. Normalerweise landen hier sehr selten Flugzeuge. Besonders im Winter.“

Wie sich herausstellte, war am Tag zuvor ein aus London kommendes Flugzeug auf dem Norderneyer Flughafen gelandet. Dreißig Passagiere, alle in ziviler Kleidung, hatten das Flugzeug bestiegen, worauf es umgehend wieder startete.

XII

Der Himmel befand sich in einem Zustand, den man im Sommer als Dämmerung bezeichnen würde, und der an diesem Tag das Äußerste war, was er an Helligkeit zu bieten hatte. Meine Schreibtischlampe brannte. Ich las einen Bericht über den Niedergang des FC Bayern München und sog dabei gelegentlich an der Pfeife. Ich war nicht gewillt, mich zu bewegen oder über etwas Anstrengendes nachzudenken. Das Gespräch mit dem Steuerberater hatte mir gereicht. Er hatte mir zu verstehen gegeben, daß er nicht länger bereit sei, meine Schlampereien in der Buchführung gegenüber dem Finanzamt durch seinen guten Namen zu vertuschen. Außerdem hätte er neulich mit dem Oberbürgermeister gesprochen, und der wiederum habe ihm erzählt, daß seine Frau neulich von einer Freundin etwas Schlechtes über mich gehört habe. Ich hatte nach Ausflüchten gesucht, aber keine gefunden. Die Mitgliedschaft im örtlichen Golfclub rückte in weite Ferne. Die Herren in der Chefetage der Sparkasse würden wieder Abstand von mir nehmen. Aber das alles war mir im Moment egal. Dem FC Bayern ging's noch schlechter.

Sigi kam herein und legte die Post auf den Schreibtisch. Sie trug Schwarz, passend zur Stimmung. Ich senkte die Zeitung und warf einen Blick auf die Briefe. Die Autoversicherung wollte Einzelheiten über den Diebstahl meines BMW wissen, insbesondere stellte sie Fangfragen, um mich der Mitschuld zu überführen. Der Hausbesitzer drohte die Erhöhung der Kaltmiete um drei Mark pro Quadratmeter an, da die Vergleichsmieten raketenartig nach oben geschossen seien. Der dritte Brief war handschriftlich adressiert und trug den Vermerk „persönlich". Sigi hatte ihn nicht geöffnet. Auf der Vorderseite klebten englische Briefmarken. Ich drehte ihn um. Kein Absender. Ich befühlte den Inhalt und fragte mich, ob man wohl inzwischen Briefbomben von der Dikke eines normalen Briefes herstellen kann. Dann riß ich ihn auf.

Es war ein gewöhnlicher Brief. Ich las:

Sehr geehrter Herr Wilsberg,
ich wende mich an Sie, weil Sie nach dem unglücklichen Tod meiner Frau der einzige Mensch in Deutschland sind, den ich kenne und der gleichzeitig genügend Interesse und Engagement aufbringt, um die Kirche für Angewandte Philosophie in der Öffentlichkeit entscheidend zu desavouieren. An mich selber und mein Schicksal denke ich dabei nicht. Es ist mir aufgrund der vorausgegangenen Ereignisse gleichgültig geworden. Als Glück im Unglück sehe ich die Tatsache an, daß ich im „Schloß" einen Menschen getroffen habe, der genauso denkt wie ich, der dies allerdings bislang verschleiert hat und daher noch das Vertrauen der Kirche besitzt. Mit seiner Hilfe ist es mir gelungen, in den Besitz von Papieren zu kommen, die die schmutzigen Geschäfte der Kirche belegen. (Er hat übrigens auch diesen Brief zur Post gebracht, da ich mich nicht außerhalb des „Schlosses" bewegen darf.)

Diese Person wird am 15. Februar um 11 Uhr vor dem Hauptpostamt von Portsmouth stehen, um Ihnen die Papiere zu übergeben. (Sie erkennen sie an einer unter den linken Arm geklemmten „Times".) Bitte entschuldigen Sie, daß ich Ihnen dies ultimativ mitteilen muß, aber die Zeit drängt, und es gibt keine Möglichkeit der Kommunikation.

Mit freundlichem Gruß
Martin Kunstmann

P.S. Selbstverständlich komme ich für Ihre Kosten auf, sobald ich dazu in der Lage bin.

Ich drückte auf die Taste der Sprechanlage und bat Sigi, herüberzukommen.

„Was hältst du davon?“ fragte ich, nachdem sie den Brief gelesen hatte.

„Hmm, könnte eine Falle sein.“

„Oder eine einmalige Chance.“

„Du willst also hinfahren?“

„Ja.“

„Wieder so ein Alleingang?“

„Ich hab' noch was gutzumachen.“

„Es war nicht deine Schuld.“

„Aber ich war nicht da, als sie mich brauchte.“

„Du hast getan, was du konntest.“

„Und das war zuwenig.“ Ich machte eine vage Handbewegung. „Egal. Der Fünfzehnte ist übermorgen. Sei so gut und buche für mich einen Flug von Düsseldorf nach London! Wenn's geht, laß einen Leihwagen reservieren, den ich am Flughafen abholen kann!“

Sigi machte ein mürrisches Gesicht und verschwand. Ich wandte mich wieder dem Sportteil der Zeitung zu und las einen Artikel über die neuesten Techniken zur Umgehung von Dopingkontrollen. Ich wollte, wie gesagt, nicht nachdenken.

Nach einer halben Stunde meldete sich Sigi: „Alles erledigt, Chef.“

Ich ging zu ihr hinüber. „Wann startet der Flieger?“

„Morgen früh um elf Uhr dreißig. Ich habe übrigens zwei Plätze gebucht.“

„Was?“

„Für dich und mich. Ich habe mir gedacht, daß du vielleicht Unterstützung brauchst.“

„Bestell den zweiten Flug wieder ab! Oder, besser noch, frag Hjalmar, ob er die nächsten Tage Zeit hat!“

„Du gibst also zu, daß es sinnvoll wäre, wenn dich

jemand begleiten würde, den die KAP noch nicht kennt?"

„Naja, falls dieser Mittelsmann nicht auftaucht, könnte man das Schloß der KAP mal in Augenschein nehmen. Und es würde mich nicht wundern, wenn sich diese Clique aus Norderney dort aufhielte."

„Hjalmar ist in Urlaub gefahren", sagte Sigi triumphierend. „Er haut seine Prämie auf den Kopf."

„Und wer bezahlt den zweiten Flug?" fragte ich vorwurfsvoll.

„Du. Du kannst ihn ja Kunstmann in Rechnung stellen."

„Falls er jemals wieder die Gelegenheit bekommt, sein Professorengehalt einzustreichen."

„Du hast gerade 50.000 Mark verdient."

„Und meinen BMW verloren."

„Den zahlt die Versicherung."

„Also gut. Du kannst mitfliegen."

Sigi grinste.

Ich setzte mich wieder an den Schreibtisch und füllte den Fragebogen der Versicherung aus. Dann diktierte ich einen Brief an den Hausbesitzer, in dem ich ihm vorwarf, die Wohnungsnot und den Mangel an Geschäftsräumen skrupellos auszunutzen. Ferner stellte ich ihm in Aussicht, seinen Vergleichsmietspiegel und die prozentuale Steigerung der Miete notfalls gerichtlich überprüfen zu lassen. Eine solche öffentliche Auseinandersetzung könne ihm als eine der Säulen des Karnevalsvereins der Paohlbürger eigentlich nicht gelegen kommen, beendete ich das Schreiben hochachtungsvoll. Anschließend fühlte ich mich erschöpft genug für eine längere Mittagspause.

„Ich gehe mal eben was essen", sagte ich zu Sigi. „Bin um Drei wieder zurück."

„Und ich gehe einkaufen“, antwortete sie. „Schließlich brauche ich für England was zum Anziehen.“

Ich trat aus dem Haus und blieb unter den Arkaden des Prinzipalmarktes stehen. Noch während ich darüber nachdachte, ob ich vollwertköstlich oder italienisch essen wollte, hörte ich hinter mir eine heisere Stimme: „Sie schulden mir was.“

Die Stimme kam mir bekannt vor. Ich drehte mich um und guckte in das zerfurchte Gesicht von Karl Hagedorn.

„Ich schulde Ihnen gar nichts.“

Er geiferte: „Doch. Tausend Mark. In der Tasche waren nur 99.000. Ich habe Ihnen aber 100.000 gegeben.“

„Sie werden sich verzählt haben.“

„Das habe ich nicht. Wollen Sie, daß ich es Gross erzähle?“

Ich stöhnte. „Wie kann man in Ihrem Alter nur so geldgierig sein?“ Dann zog ich mein Portemonnaie aus der Tasche und entnahm ihm einen Scheck.

„Haben Sie eine Unterlage?“

„Nein.“

Ich ging zwei Schritte nach vorne und drückte das Papier gegen eine Säule.

„Hier! Und falls Sie mal einen Privatdetektiv brauchen …“

Er krallte sich den Scheck und enteilte.

Ich entschied mich für Vollwertkost. Als ich den Prinzipalmarkt überquerte, knallte mir der saure Regen ins Gesicht.

XIII

Ich hatte Sigi zum ersten Mal in Montaione gesehen, einem kleinen Ort in der Toskana. Ich saß mit einem *caffè corretto* vor der Bar in der Ortsmitte und atmete den vermißten Benzinduft ein, als sie auf einer Vespa vorfuhr. Sie nahm den Helm ab und schüttelte ihre langen braunen Haare. Dann setzte sie sich an einen Tisch, ein paar Meter von mir entfernt, und musterte mich mit einem Blick, für den jeder Mann als Macho gegeißelt worden wäre. Kurz darauf knatterte eine zweite Vespa heran. Ein schwabbeliger Typ mit dichter Brustbehaarung saugte sich an ihrem Hals fest. Dabei grinste sie mich über seinen Rücken hinweg an.

Ein Jahr später traf ich sie zufällig am Salatbuffet einer münsterschen Geburtstagsparty. Obwohl sie keinen Helm trug und etwas blasser war, erkannte ich sie sofort. Da sie gerade keiner Beschäftigung nachging, engagierte ich sie auf der Stelle.

Jetzt saß sie neben mir und starrte aus dem Fenster. „Da unten muß irgendwo der Kanal sein", sagte sie.

Ich guckte kurz zum Fenster, sah aber nur dichte Wolken. Seit ein paar Jahren verspüre ich eine gewisse Flugangst und lasse anderen gerne den Vortritt, wenn es um die Fensterplätze geht. Sigi dagegen war begeistert wie ein junges Mädchen, das zur ersten Reitstunde darf.

Wir sackten in ein Luftloch, und ich konzentrierte mich darauf, gleichmäßig zu atmen.

„Schade, daß man so wenig sieht", sagte Sigi.

Ich grummelte und tat so, als würde ich weiter in meinem Buch lesen. Tatsächlich hatte ich vom Abflug in Düsseldorf bis jetzt erst drei Seiten geschafft. Der Autor war ein Sektenpfarrer, der die Kirche für angewandte Philosophie aus tiefstem Herzen zu hassen schien.

Eine Stewardeß kam vorbei und warf stanniolverpackte Mittagessen aus dem Hause *Mikrowilly* auf unsere ausgeklappten Tischchen. Das Minikotelett mit den Kunststoffmöhren und -erbsen bot eine willkommene Ablenkung. Anschließend gab es drei Finger hoch Kaffee in die kleine Plastiktasse. Gerne hätte ich den Kaffee mit etwas Hochprozentigem verdünnt, aber da ich später am Tag noch den Kampf mit dem englischen Linksverkehr aufnehmen mußte, verzichtete ich darauf.

„Guck mal da!" rief Sigi.

Vermutlich die Kreidefelsen von Dover. Ich hätte sie mir lieber aus der Froschperspektive angesehen.

Zwanzig Minuten später verkündete Sigi: „Wir sinken."

Als ob mein Magen und meine Ohren mir das nicht schon längst gemeldet hätten.

Mit einigen überflüssigen Schwenkmanövern bereitete sich der Pilot auf den Landeanflug vor. Als er dann endlich hart aufsetzte, brandete hinter uns Applaus auf.

„Wir sind da", strahlte Sigi.

Ich lächelte gequält.

Heathrow gilt anerkanntermaßen als einer der häßlichsten Flughäfen der Welt, was wohl mit seiner Größe und der Unmöglichkeit zusammenhängt, einen kompetenten Menschen zu treffen, der einem sagen kann, wo sich die Niederlassung einer x-beliebigen Autovermietungsfirma befindet.

Sigi und ich suchten eine halbe Stunde, zuerst gemeinsam und dann getrennt, bevor ich in einem versteckten Winkel im Erdgeschoß die besagte Firma entdeckte. Ich unterschrieb ein paar Formulare und erhielt dann den Autoschlüssel, verbunden mit einer komplizierten Erklärung, wo der Wagen geparkt sei.

Eine Stunde später erreichten wir die Fernstraße, die uns durch Sussex führen würde. Der Linksverkehr machte mir erstaunlich wenig aus, aber ich fürchtete bereits den Moment, in dem ich wieder in Deutschland ein Auto steuern sollte. Zwei Umstellungen innerhalb weniger Tage waren wahrscheinlich zuviel für mich.

„Am besten fahren wir gleich nach Portsmouth", sagte ich. „Dann können wir morgen früh in aller Ruhe das Postamt in Augenschein nehmen."

Sigi war mit allem einverstanden, solange darin eine Hafenbesichtigung enthalten war.

Das Benzin im Auto reichte für rund hundert Kilometer, die in England unsinnigerweise in Meilen umgerechnet werden. Also steuerte ich eine Tankstelle an, als das Reservelämpchen der Benzinanzeige schon eine Weile leuchtete. Erst vor der Zapfsäule fiel mir ein, daß ich vergessen hatte, Geld umzutauschen.

Ich ging zurück und beugte mich ins Wageninnere: „Hast du englisches Geld?"

„Nur ein paar Pfund."

Scheiße. Ich blätterte mein Portemonnaie auf. Wo war denn meine Kreditkarte? Ich kramte in den Seitenfächern. Kein Scheck mehr. Verdammt. Siedendheiß machte sich in meinem Kopf der Gedanke breit, daß ich Hagedorn den letzten Scheck gegeben hatte. Bei der Gelegenheit mußte auch die Kreditkarte herausgefallen sein. Scheiße, Scheiße, Scheiße.

Der Fahrer im Auto hinter uns fing an zu hupen.

Ich zählte meine Schätze: dreißig deutsche Mark.

„Wieviel D-Mark hast du?" fragte ich Sigi.

„Och, nicht viel. Ich dachte, du würdest Geld mitnehmen."

Entschlossen klappte ich die Wagentür zu, ging ins Innere der Tankstelle und fragte mit einem gewinnenden Lächeln den Mann hinter der Kasse: „Nehmen Sie auch deutsches Geld?“

„Nein.“

„Ich habe aber nur deutsches Geld.“

„Tut mir leid, Sir.“

Sigi hatte drei Pfund dabei, und deren Äquivalent in Benzin füllte ich in den Tank. Voller Verachtung warf ich die Scheine auf die Theke und entfernte mich grußlos.

„Was machen wir jetzt?“ fragte Sigi, als wir wieder auf der Straße waren.

„Wir probieren es bei der nächsten Tankstelle.“

„Und wie willst du das Hotel bezahlen?“

„Wir sind ein seriöses Ehepaar, das die Rechnung erst bei der Abreise bezahlt. Bis dahin ist mir vielleicht etwas eingefallen.“

Sigi lachte. „Wir können ja heimlich abhauen.“

„Und per Anhalter nach Heathrow fahren“, ergänzte ich.

Die nächste Tankstelle nahm auch kein deutsches Geld, und damit war unser Plan schon geplatzt.

Ich verfluchte mich und den englischen Nationalismus, wußte auf einmal, warum sich die Engländer so vehement gegen den ECU wehren, aber tatsächlich waren wir genauso am Ende wie das Benzin.

Mit Hilfe der Straßenkarte, die die fürsorgliche Autovermietung ins Handschuhfach gelegt hatte, lokalisierte ich unsere Position in der unendlichen Weite der englischen Landschaft.

„Wir fahren in die nächste Stadt und suchen uns eine kleine Pension“, entschied ich. „Wenn mich nicht alles täuscht, müssen wir in der Nähe von Haslemere sein.“

„Und dann?“ fragte Sigi.

„Dann sehen wir weiter."

Haslemere ist ein trostloses Kaff mit ein bißchen Industrie und My-home-is-my-castle-Reihenhäusern. Wir fanden ein kleines Hotel, das seine guten Tage irgendwann in den Zwanzigern gesehen hatte, und wurden von einer Frau in Empfang genommen, die zu ebenjener Zeit das Licht der Welt erblickt hatte. Sie beäugte uns mißtrauisch, als ich beteuerte, daß wir verheiratet seien, händigte uns dann aber umstandslos den Zimmerschlüssel aus.

Das Zimmer roch nach feuchter Wäsche, was wohl daran lag, daß hier seit Wochen nicht mehr geheizt worden war. Ich untersuchte die Gasheizung unter dem Fenster und entdeckte, daß es sich um einen Geldautomaten handelte. Zehn Minuten Wärme gegen eine Münze.

„Laß uns gehen!" sagte ich zu Sigi. „Ich habe einen Plan."

„Wird aber auch Zeit", sagte sie mit der Stimme einer Frau, die sich ihr Leben anders vorgestellt hatte.

Unten schwatzte ich der alten Frau zehn Pfund gegen dreißig Mark ab, verbunden mit dem Versprechen, sie am nächsten Morgen sofort wieder zurückzutauschen, sobald ich bei der Bank gewesen sei. Sie nahm die deutschen Scheine und warf sie mit einem angeekelten Gesichtsausdruck in eine Schublade.

„Und nun zur Post!" sagte ich.

Sigi trottete verdrossen neben mir her. Ich schlug den Kragen meines Trenchcoats hoch und zog den Hut tiefer ins Gesicht. Ein leichter Nieselregen hatte eingesetzt, und so sahen wir kaum etwas von den sicher vorhandenen Sehenswürdigkeiten Haslemeres.

Die Post hatte, ganz gegen meine Befürchtung, noch geöffnet, und ich meldete ein R-Gepräch nach Münster an.

Als es nach fünf Minuten zustandekam, sagte ich:

„Hallo, Thomas! Du mußt mir einen Gefallen tun!" Ich schilderte ihm kurz unsere mißliche Lage und bat ihn, mir telegrafisch Geld anzuweisen, so viel und so schnell wie möglich.

Ein Freund zeigt sich daran, daß er in entscheidenden Momenten nicht Nein sagt. Thomas sagte Ja. Ich dankte ihm und hängte ein. Dann atmete ich auf.

Mit wiedererwachter Lebensfreude lud ich Sigi in eine Fish-and-Chips-Bude ein. Für ein vornehmeres Abendessen reichte die schmale Barkasse nicht.

Der Fisch schmeckte so ölig wie auf dem münsterschen Wochenmarkt, und die Chips ähnelten weichgekochten Dichtungsringen.

„So habe ich mir das nicht gedacht", maulte Sigi.

„Viele machen sich völlig falsche Vorstellungen vom Leben eines Privatdetektivs", sagte ich, während ich ein Rülpsen unterdrückte. „Er ist bei seinen Recherchen mancherlei Entbehrungen ausgesetzt. Außerdem lohnt es sich, in fremden Ländern die Eßgewohnheiten der einfachen Leute kennenzulernen."

Sigi sah mich an, als wolle sie mir zwei Chips in die Nasenlöcher stecken und den Mund zuhalten.

Anschließend gingen wir in eine Kneipe, die von Seemannsnetzen über schmuddelige Tischdecken bis zum Dartspiel an der Wand alles enthielt, was einen englischen Pub ausmacht. Wir tranken jeder zwei fade englische Biere, da ich noch ein paar Münzen für den Gasautomaten sparen wollte, und hörten der männlichen Stadtjugend bei ihren Gesprächen zu, die überwiegend aus den beiden Vokabeln „bloody" und „fucking" bestanden.

Als wir uns stark genug für das Hotelzimmer fühlten, machten wir uns auf den Heimweg.

Ich fütterte die Gasheizung, und mit einem bedrohlichen Brummen nahm sie ihre Arbeit auf. Dann duschten wir beide so heiß wie möglich und kuschelten uns im

Bett unter allen vorhandenen Decken zusammen. Inzwischen glich das Zimmer nicht mehr einem Eiskeller, aber es hatte auch nicht mehr Komfort als die Büßerzelle in einem Benediktinerkloster. Ich wußte nicht, was sich Sigi von der ersten Nacht in einem gemeinsamen Bett versprochen hatte, aber die Umstände waren nicht so, daß sich eine Nachfrage lohnte.

XIV

Das Frühstück lag drei Klassen über der übrigen Ausstattung des Hotels. Eine Frau mit Flügelbrille und weißgestärkter Schürze fuhr jede Menge Schüsselchen und Schälchen auf, deren Inhalt zwar nicht gleichermaßen genießbar war, aber selbst bei Umgehung einiger sonderbarer Substanzen für eine gute Arbeitsgrundlage an diesem Tag sorgte. Dazu gab es sogar richtigen Kaffee und eine Zeitung.

Wir zogen das Frühstück, das wir um neun Uhr begonnen hatten, in die Länge, weil wir in der Nähe des Eingangs saßen und einen freien Blick auf eintreffende Geldbriefträger hatten. Oben, in unserem Zimmer, standen die gepackten Taschen für eine überstürzte Abreise bereit. Denn noch gab es eine winzige Chance, rechtzeitig in Portsmouth zu sein.

Um zehn Uhr klappte ich die Zeitung zusammen und sagte: „Vorbei."

„Vielleicht sollten wir mal zur Post gehen und nachfragen", meinte Sigi.

Die ältliche Wirtin schaute herein und erkundigte sich nach unserem Befinden. Wir beruhigten sie und nahmen dankend noch eine Tasse Kaffee an. Ob wir eine weitere Nacht zu bleiben beabsichtigten? Nein, eigentlich nicht. Ja, dann müßten wir das Zimmer bis elf Uhr räumen. Kein Problem, versicherten wir.

Ich zog die Zigarilloschachtel aus der Tasche und

spielte auf Zeit. Langsam wurde es schwierig, noch einen interessanten Artikel in der Zeitung zu finden.

Um halb Elf kam eine Postbotin und fragte nach einem Mr. Wilsbörg. Ich präsentierte ihr meinen Ausweis, und sie häufte tausend Pfund auf den Frühstückstisch. Es war, als ob man eine Eintrittskarte für das Endspiel in Wimbledon geschenkt bekommt, nachdem Boris Becker den zweiten Satz verloren hat.

Wir bezahlten das Hotelzimmer, hetzten nach oben und stürzten mit unserem Gepäck zum Mietwagen. Vielleicht war der Überbringer der mysteriösen Papiere ja ein besonders geduldiger Mensch, der eine einstündige Verspätung locker einkalkulierte.

Um Punkt Zwölf erreichten wir den Platz vor dem Hauptpostamt von Portsmouth. Sämtliche Sicherheitsregeln mißachtend, forschten wir offen nach einem linksarmigen Zeitungsträger. Aber der einzige Mensch, der eine Zeitung dabeihatte, hielt diese mit den Fingern der rechten Hand. Außerdem blieb er nicht stehen, sondern verschwand um die Ecke eines Gebäudes.

Im Inneren des Postamtes bot sich das gleiche Bild. Weder erblickten wir eine „Times", noch sprach uns jemand an, der wissen wollte, ob wir aus Münster in Germany kommen. Wir waren, schlicht und ergreifend, zu spät.

„Und nun?" fragte Sigi. Sie wiederholte sich.

Ich schlug vor, zum Schloß der KAP zu fahren. Nur so, ohne feste Absicht und weil es gar nicht weit von hier lag.

Wir fuhren eine halbe Stunde durch die parkähnliche Landschaft und fragten schließlich einen Schäfer, nachdem wir seine Schafe durchgelassen hatten. Er war ein zorniger älterer Herr, der wissen wollte, ob wir zu diesen Teufelsanbetern gehörten. Erst als wir versicherten, daß wir lediglich einen Verwandten aus den Klauen derselben zu befreien versuchten, wies er uns den Weg.

Plötzlich rief Sigi: „Da! Das muß es sein!“

Ich stoppte den Wagen. Ein Sandsteingebilde, mit Burgmauern und -türmchen, aber von einer Höhe, die allenfalls Zwerge an der Erstürmung hindern würde, zeichnete sich am Horizont ab. Ich holte das Fernglas aus der Tasche und stellte mich an den Straßenrand. Auch durch das Glas sah das Schloß nicht so groß und imposant aus, wie ich es mir vorgestellt hatte. Verglichen mit der Queen of England, war die Kirche für angewandte Philosophie ein armer Schlucker.

In angemessener Entfernung vom Schloß zog ein gut befestigter Maschendrahtzaun seinen Kreis, und an der Zufahrtsstraße lümmelten ein paar schwarzgekleidete Gestalten herum. Es war nicht Fort Knox, aber auch nicht die Suppenküche der Heilsarmee.

Ich reichte Sigi das Glas.

Sie guckte eine Weile hindurch, während ich einen Zigarillo rauchte und angestrengt nachdachte.

„Ich habe eine Idee“, sagte sie.

„Ich auch nicht“, sagte ich.

„*Ich* habe eine Idee“, beharrte Sigi.

„Du?“ Ich guckte sie erstaunt an.

„Ja.“ Sie war ganz aufgeregt. „Du erinnerst dich doch an die Postbotin heute morgen?“

„Natürlich. Das war die mit dem Haufen Geldscheine in der Tasche.“

„Woran hast du sie erkannt?“

„Sei nicht albern! Sie trug eine Uniform.“

„Eben. Ein Mensch in einer Postuniform ist ein Postbote. Niemand würde darunter einen Spitzel vermuten.“

Mir dämmerte etwas. „Du meinst …“

„Genau. Ich leihe mir eine Postuniform und gehe rein. Dann sage ich, daß ich eine Anweisung für Martin

Kunstmann habe. Entweder sie leugnen, daß er da ist, oder sie lassen mich einfach zu ihm."

„Moment mal! Wenn jemand reingeht, dann bin ich es."

„Red keinen Quatsch! Du hast selbst gesagt, daß dort wahrscheinlich einige Leute sind, die dich kennen. Außerdem erregt eine Frau weniger Mißtrauen."

„Und woher willst du eine Postuniform bekommen?"

Sigi rollte mit den Augen. „Wir könnten's bei der Postbotin von heute morgen probieren. Sie müßte ungefähr meine Größe haben. Wenn wir sie anständig bezahlen ..."

„Okay." Ich ging vor dem Wagen auf und ab. „Mal angenommen, du hast Glück und wirst tatsächlich zu Martin Kunstmann gelassen. Was willst du ihm sagen? Er ist völlig überrascht und hat die Papiere sicher nicht in seiner Wäschekommode. Und am nächsten Tag noch einmal aufzutauchen, ist zu gefährlich. Da würde ja der Schafköpfigste Verrat wittern."

„Georg!" sagte Sigi vorwurfsvoll. „Es ist arschkalt hier. Können wir im Auto weiterdiskutieren?"

Wir fuhren zurück nach Haslemere, prophylaktisch. Immerhin war Sigis Idee nicht schlecht, wie ich zugeben mußte. Es fehlte eben nur noch das i-Tüpfelchen. Und auf einmal hatte ich es.

„Wir schlagen ihm eine Wiederholung der Übergabe-Prozedur vor. Am nächsten Tag vor dem Postamt von Portsmouth."

„Siehst du!" strahlte Sigi. „Ich wußte doch, daß dir auch noch was einfällt."

Manchmal kann sie ganz schön arrogant sein.

Die alte Wirtin im Haslemerer Hotel war etwas überrascht, uns so schnell wiederzusehen. Wir sagten ihr, daß wir uns die Sache überlegt hätten und noch eine Nacht in Haslemere verbringen wollten. Möglichst in demselben Zimmer, das ja inzwischen so gut wie geheizt war. Sie überreichte mir würdevoll den Zimmerschlüssel, und bei der Gelegenheit fragte ich sie nach der Postbotin, die mir heute morgen das Geld gebracht hatte. Nicht, daß es da eine Unstimmigkeit gebe, aber ich hätte noch eine Nachfrage. Rein privat.

„Oh! Das war Patty Smith. Sie wohnt hier in der Nähe. Die dritte Straße rechts."

Ich notierte die Straße, bei der Hausnummer war sich die Alte nicht sicher. Aber es sei ein modernes Haus, nicht zu verfehlen, weil es die anderen um zwei Stockwerke überrage.

Wir brachten die Taschen nach oben, warfen ein paar Münzen in den Gasautomaten und beeilten uns, Patty Smith zu finden.

Sie war zu Hause und bat uns ins Wohnzimmer, wo eine gewisse Unruhe herrschte. Der Fernseher lief, das Radio auch, zwei Kinder schrieen sich an und bewarfen sich gegenseitig mit Porridge. Davon unberührt lag ein Mann auf dem Sofa und schlief.

Patty Smith schaltete das Radio ab, drehte am Fernseher den Ton weg, gab beiden Kindern einen Klaps und stemmte fragend die Fäuste in die Hüften. Von der plötzlichen Ruhe geweckt, hustete der Mann lange und ausgiebig.

Sigi brachte unsere Bitte vor.

„Das geht nicht", sagte Frau Smith. „Ich darf meine Uniform nicht verleihen. Wenn das jemand erfährt, verliere ich meinen Job."

Der Mann richtete sich halb auf und stützte dabei den Kopf auf die Hand. „Wieviel?"

Wir einigten uns auf fünfzig Pfund.

Es war früher Nachmittag, und die Sonne brach erstmalig durch die dicke Wolkendecke. Sigi fing langsam an, nervös zu werden.

„Du mußt da nicht rein", sagte ich. „Wir können die Sache noch abblasen."

„Blödsinn! Ich habe gesagt, daß ich's tue, und dabei bleibt es."

„Du siehst nicht gerade englisch aus. Außerdem sprichst du nicht akzentfrei."

„Na und? Es gibt auch in England jede Menge Ausländer. Warum nicht bei der Post? Und mein Englisch ist gut genug, ich habe schließlich ein halbes Jahr in den USA gelebt."

Ich gab mich geschlagen.

Sigi lächelte gezwungen. „Ich bin nur ein bißchen aufgeregt. Das ist alles."

Einen halben Kilometer vor dem Schloß fuhr ich an den Straßenrand.

„Ich warte hier. Wenn du in einer Stunde nicht wieder da bist, gehe ich zur Polizei. Ich hol dich da raus. Hab keine Angst!"

Sie legte mir den Arm um den Hals und drückte mich kurz an sich. Dann stieg ich aus und sah dem davonfahrenden Auto nach. Hoffentlich dachte Sigi an den Linksverkehr!

Die Sonne hatte sich wieder hinter den Wolken verkrümelt. Es war kalt und grau. So kalt und grau wie meine Gedanken. Ich ging auf und ab, auf und ab. In der rechten Manteltasche steckte eine neue Spielzeugberetta, die ich fest umklammert hielt. Sie hatte im Koffer gelegen, war aber bei der Sicherheitskontrolle im Düsseldorfer Flughafen offensichtlich niemandem aufgefallen. So konnte ich mir die Geschichte vom Geburtstagsgeschenk für meinen Neffen in England sparen. Ich stellte mir vor, was für ein Gesicht der KAP-Boß machen würde, wenn ich ihm den Lauf an die Schläfe drücken würde. Das war ein schöner Gedanke. Weitaus besser als der aktuelle Gebrauchswert, der sich darauf beschränkte, eine Schar Zugvögel zu erschrecken.

Es kam niemand vorbei. Nicht mal ein Schäfer, mit dem ich über Schafe und Wölfe plaudern konnte. Alle zwei Minuten guckte ich auf die Uhr. Es war schlimmer als beim Zahnarzt.

Nach vierzehn Minuten sah ich den weißen Mietwagen. Ich machte innerlich einen Freudensprung.

Sigi bremste mit quietschenden Reifen. Sie strahlte.

„Es hat geklappt", rief sie, als ich einstieg. Dann fiel sie mir um den Hals und küßte mich auf den Mund.

„Fahr weiter!" sagte ich, sobald ich wieder Luft bekam. „Könnte ja sein, daß ein KAPler vorbeikommt."

Sie trat aufs Gaspedal. „Es war ganz einfach. Zuerst haben sie sich blöde angeguckt, als ich sagte: eine Geldanweisung für Mister Kunstmann. Dann hat einer telefoniert. Anscheinend wußten sie nicht so recht, was sie machen sollten. Der, der angerufen hat, hat mich vertröstet: Wir müssen Mister Kunstmann erst suchen."

„Ziemlich dumm von ihm. Damit hat er zugegeben, daß Kunstmann im Schloß ist."

„Er wurde auch ganz kleinlaut, als nach ein paar Minuten der Rückruf kam. Dann hat mich ein anderer über den Innenhof geführt."

„Hast du etwas entdeckt, was sich für unsere Zwecke eignet?"

„Habe ich. Über mehrere Treppen kamen wir zu einer großen Holztür, hinter der sich eine Art Foyer befindet. Da hat er mich einem anderen übergeben, mit dem ich durch einen langen Flur gegangen bin. Weißt du", sie kicherte, „manche von denen sehen aus, als wären sie gerade aus dem Raumschiff Orion gekommen. Die tragen goldgestreifte weiße Kostüme. Echter Weltraumlook. Wenn ich nicht so aufgeregt gewesen wäre, hätte ich mir vor Lachen in die Hose gemacht."

„Und dann?" fragte ich ungeduldig.

„Nachdem wir etwa einen Kilometer gegangen waren, mündete der Flur in einen großen runden Raum. Einer der Ecktürme, nehme ich an. Es sah aus wie ein Aufenthaltsraum, mit Sesseln, Tischen und einer kleinen Teeküche. Kunstmann saß auf einem der Sessel."

„Welchen Eindruck machte er auf dich?"

„Er sah mies aus, so wie jemand, der drei Tage nicht geschlafen hat. Ich sagte meinen Spruch auf: Ich habe hundert Pfund für Sie. Wenn Sie bitte hier unterschreiben würden undsoweiter."

„Wie hat er reagiert?"

„Er hat mich erstaunt angeguckt. Ich mußte ihm den Zettel praktisch vor die Nase halten, bis er merkte, was los war. Dann hat er sich sehr cool verhalten, alles genau durchgelesen und unterschrieben."

„Wo war der Typ, der dich begleitet hat?"

„Der stand zwei Meter hinter mir. Aber ich glaube nicht, daß er Verdacht geschöpft hat."

„Ausgezeichnet." Ich drückte ihre Schulter. „Das hast du sehr gut gemacht."

„Ich weiß", sagte sie und kniff mich ins Bein.

In Haslemere hielt Sigi vor einem Geschäft mit Gartenwerkzeugen, und ich kaufte eine große Zange. Patty Smith war glücklich, ihre Uniform so schnell zurückzubekommen. Dann fuhren wir zum Hotel, wo wir den Rest des Nachmittags im Bett verbrachten.

Am Abend standen wir auf und fahndeten nach einem Slow-Food-Restaurant. Wir fanden eins mit Kerzenständern auf den Tischen und sauberen Tischdecken. Unglücklicherweise hatte der Koch mein Lammsteak mit Pfefferminzsoße übergossen. Ich bekomme fast nie

Zahnschmerzen, ausgenommen den seltenen Fall, daß meine Plomben mit Pfefferminzsoße in Berührung kommen. Also vergaß ich das Lammsteak und widmete mich den Brechbohnen. Kulinarisch gesehen war England keine Offenbarung für mich.

Zurück im Hotel, zog ich mich für die Nachtarbeit um. Ich hatte unseren Plan erweitert und eine kleine Rolle für mich eingebaut. Nicht nur aus Gründen des Selbstwertgefühls, sondern auch, um Martin Kunstmann zumindest die Möglichkeit einzuräumen, aus dem Schloß zu fliehen. Auf dem Weg durch den Innenhof hatte sich Sigi eine markante Stelle gemerkt, an der ich die Pistole verstecken konnte. Dies hatte sie, zusammen mit der Information, daß wir morgen früh um zehn Uhr vor dem Schloßeingang warten würden, aufgeschrieben und Kunstmann zu lesen gegeben. Ich baute darauf, daß Kunstmanns Helfer, der sich auf dem Schloßgelände frei bewegen durfte, Kunstmann die Pistole zustecken könnte. Falls der Fluchtplan scheiterte oder Kunstmann überhaupt nicht fliehen wollte, würden wir um Elf vor dem Hauptpostamt von Portsmouth sein.

Soweit der Plan, zu dessen Ausführung ich den schwarzen Trainingsanzug anlegte, die Drahtzange und eine schwarze Gesichtscreme in eine Plastiktüte packte und diese unter dem Trenchcoat versteckte, als wir das Hotel verließen.

Ich parkte an der inzwischen sattsam bekannten Stelle, ungefähr einen halben Kilometer vor dem Schloß, und malte mich schwarz an, bis nur noch das Weiße meiner Augen zu sehen war. Dann streifte ich die schwarzen Handschuhe über, verabschiedete mich mit den üblichen Verhaltensregeln von Sigi und verschwand im Dunkel der Nacht.

Kein Mond und auch keine andere Himmelserscheinung erleuchtete das Firmament, und hätten nicht die

KAPler ein paar mächtige Scheinwerfer auf ihr Schloß gerichtet, es wäre tatsächlich völlig finster gewesen.

Ich zwickte auf Kaninchenhöhe ein Loch in den Zaun und kroch hindurch. Den Gedanken, das Loch zu tarnen, verwarf ich wieder, da man, abgesehen von niedrigen Grashalmen, jede Pflanze aus dem Grenzgebiet verbannt hatte. Dann ging ich, gebückt und bereit, mich jederzeit auf den Boden zu werfen, auf die eigentliche Schloßanlage zu. Im Scheinwerferlicht sah sie ganz gemütlich aus. Jenseits der Siebzig würde ich sie jederzeit einem Altenpflegeheim vorziehen.

Ein Stimmenpaar durchkreuzte meine Zukunftspläne und warf mich auf den Boden der Tatsachen, der in Gestalt eines Grashalms meine Nase kitzelte. Zwei Männer, vermutlich Schwarzuniformierte vom Orden des Tempels, redeten auf Französisch über den Speiseplan. Sie äußerten sich abfällig, und ich konnte es ihnen nicht verdenken, falls der Koch ein Engländer war.

Als sie sich entfernt hatten, kroch ich vorsichtig weiter. Sigi hatte einen Blumenkübel ausgewählt, der die Grenze zwischen Innenhof und Parkanlage markierte. Ich setzte mich in seinen Schatten und grub mit der nach oben gestreckten Hand ein Loch in die Erde. Dort versenkte ich die Spielzeugberetta und schloß das Loch wieder. Als Hinweis piekste ich in die Mitte einen Daumenabdruck.

Ich linste um den Rand des Betonkübels. Die beiden Männer standen weit entfernt auf einem Treppenabsatz und sprachen wahrscheinlich über die Freuden der französischen Küche.

In aller Ruhe machte ich mich auf den Rückweg und wäre beinahe einer Patrouille in die Hände gefallen, die am Zaum entlangschritt. Auch diese beiden unterhielten sich – worüber, konnte ich nicht verstehen – und übersahen mich und das Loch.

Das wird morgen eine gehörige Standpauke geben, außerdem eine Woche lang Kartoffeln mit Pfefferminzsoße, dachte ich. Dann kroch ich durch das Loch und rannte zum Wagen zurück. Manchmal funktionieren meine Pläne, und ich werde weder zusammengeschlagen noch entführt.

XV

Um kurz vor Zehn setzten wir uns den kritischen Blikken der schwarzen Gestalten vom Orden des Tempels aus. An eine Deckung war nicht zu denken, also parkten wir einfach zwanzig Meter vom Wachposten der Ordensritter entfernt, falteten eine Straßenkarte auseinander und taten so, als würden wir heftig darüber diskutieren, wer denn nun eigentlich wem den falschen Weg gewiesen habe. Den Schwarzlingen paßte das gar nicht. Aber wir standen auf einer öffentlichen Straße.

Bis zwei Minuten nach Zehn passierte nichts.

„Er kommt nicht", flüsterte Sigi.

Einer der Schwarzlinge machte Anstalten, zu uns herüberzukommen, um uns den Weg zu weisen.

Da hörten wir Schreie und Gebrüll aus dem Schloß.

Ich stieg aus, um einen besseren Überblick zu haben. Auch die drei Torwächter hatten sich umgedreht und starrten in Richtung Schloß.

„Was ist?" fragte Sigi.

„Nichts zu sehen", antwortete ich.

Ein dumpfer Knall. Am Ton erkannte ich meine Spielzeug-Pistole.

„Das ist Kunstmann", sagte ich.

Sigi war ebenfalls ausgestiegen. „Was macht er jetzt?"

Ich hätte mit einer Reihe von Befürchtungen antworten können, beließ es aber bei einem Achselzucken.

Zwei der Schwarzuniformierten rannten los, der dritte

bedachte uns mit einem wütenden Blick. Er dachte wohl an die schlechte PR.

Jetzt tat sich etwas auf dem Innenhof. Einige Schwarzlinge sprinteten die Treppe hinunter und versteckten sich hinter der vordersten Schloßmauer. Einer warf sich hinter den Blumenkübel, ein weiterer kroch hinter die Seitenbefestigung der Treppe. Dann kam Kunstmann.

Er ging nicht allein. Vor sich her schob er einen Weißkostümierten, dem er die Pistole an die Schläfe drückte.

„Gut", sagte ich. „Sehr gut."

Kunstmann machte es genau richtig. Er ging nicht zu schnell und nicht zu langsam. Immer wieder guckte er sich um und hielt dabei den Weißen an der Schulter. Meter für Meter näherte er sich dem Tor. In gehöriger Entfernung hinter ihm schlossen die Schwarzuniformierten auf.

„Weg da!" brüllte Kunstmann den Mann am Tor an. Der verdrückte sich zur Seite.

Ich ließ den Motor an und fuhr dicht ans Tor. Sigi öffnete die hintere Tür.

Kunstmann drehte den Weißen um und gab ihm einen Stoß. Dann kletterte er auf den Rücksitz. Ich gab Gas.

„Guten Morgen", sagte Martin Kunstmann. „Schön, Sie zu sehen."

„Hat ja wunderbar geklappt", antwortete ich.

„Ja. Es war einfacher als ich dachte. Mein Freund hat mir sehr geholfen. Sie haben ihn übrigens gerade gesehen. Es ist der in dem weißen Gewand. Er ist Priester der KAP." Kunstmann lachte. „Und wer sind Sie?"

Sigi reichte die Hand über die Rückenlehne und sagte einfach: „Sigi."

Ich schoß mit siebzig Meilen über die Landstraße. Zwei Autos fuhren in gleichbleibendem Abstand hinter uns.

„Wir werden verfolgt", sagte ich.

Kunstmann drehte sich um und sagte: „Oh."

„Solange die Straße so schmal ist, können sie uns nicht überholen. Aber dann wird's kritisch."

„Ich hoffe, Sie beherrschen die Technik der Verfolgungsjagd. Sie sind doch Privatdetektiv."

„Meistens verfolge ich andere. Aber wir werden das schon hinkriegen."

„Ich vertraue Ihnen."

Das beruhigte mich nicht sonderlich. „Haben Sie die Papiere bei sich, oder müssen wir sie irgendwo abholen?"

„Die Papiere sind im Postamt von Portsmouth. Waren sie die ganze Zeit. Postlagernd."

Wir rasten mit kaum verminderter Geschwindigkeit durch ein kleines Dorf. Gottseidank schoben die Mütter gerade keine Kinderwagen über die Straße.

Bald darauf erreichten wir die Fernstraße nach Portsmouth. Unsere Verfolger hielten bis jetzt gut mit, obwohl ich das Äußerste aus dem Wagen herausholte. Ich wollte es nicht zugeben, aber noch fehlte mir die Idee, wie ich sie abhängen sollte.

Die Straße war vierspurig, und einer der Verfolger näherte sich auf der rechten Überholspur.

„Sie kommen näher", sagte Sigi.

„Das sehe ich selbst", antwortete ich gereizt.

„Hier können sie nichts unternehmen", kommentierte Kunstmann das Geschehen. Der Mann war die Ruhe in Person.

Dann kamen wir in einen Stau.

Vor uns blinkten Warnlichter. Die Autos fuhren langsamer und langsamer. Es entstand das, was man eine brenzlige Situation nennt. Auf der linken Seite rangierten Lastwagen auf einer Baustelle.

Ich riß das Steuer herum, überfuhr den Grünstreifen,

rammte ein hölzernes Absperrgitter, umkurvte die Lastwagen und hoppelte mit quietschenden Stoßdämpfern auf die Parallelstraße. Unsere Verfolger hingen auf der rechten Spur fest. Wir hatten sie abgehängt.

„Ausgezeichnet“, lobte mich Kunstmann.

Sigi legte mir eine Hand aufs Bein.

Ich atmete tief durch.

Vor dem Postamt von Portsmouth teilten wir uns die Aufgaben. Sigi sollte in Heathrow anrufen und für den selben Abend drei Flüge nach Düsseldorf oder irgendeine andere Stadt in Deutschland buchen, ich begleitete Martin Kunstmann zum Postschalter.

Er erhielt einen braunen Umschlag, nachdem er seinen Ausweis vorgezeigt hatte.

„Was ist da drin?“ fragte ich, als wir wieder hinausgingen.

„Können Sie sich vorstellen, was die Kirche für angewandte Philosophie jährlich einnimmt?“

„Nun, soweit ich weiß, gibt es weltweit mehrere Millionen Mitglieder, die alle brav ihre Mitgliedsbeiträge und Trainingsgebühren zahlen.“

„Richtig. Das macht, grob geschätzt, ein paar Milliarden Dollar. Und die kleinen Angestellten der Kirche werden mit Gehältern abgespeist, die jedem Kapitalisten die Schamesröte ins Gesicht treiben würden. Als Stocker noch lebte, hat er das Geld mit beiden Händen ausgegeben. Mehr als hundert Bedienstete standen zu seiner persönlichen Verfügung. Überall auf der Welt warteten Flugzeuge, Villen und Jachten auf ihn. Seine Nachfolger sind bescheidener geworden – und geschäftstüchtiger.“

„Und was passiert mit dem Geld?“

„Die Kirche kauft alles, was sie kriegen kann: Häuser, Grundstücke, Industriebetriebe. In den USA gehört ihr inzwischen eine ganze Kleinstadt. Das geht nicht ohne Unterstützung."

„Sie meinen: Schmiergelder."

„Auf der Gehaltsliste der KAP stehen Politiker, hohe Beamte, die CIA und die Mafia. Manche dieser Gruppen lassen sich ihre Dienste mit Gegenleistungen bezahlen. Die KAP tätigt für sie Geschäfte, mit denen sie offiziell nichts zu tun haben wollen."

„Und das können Sie mit dem beweisen, was da im Umschlag ist?"

„Ein Teil davon. Mein Freund, der Priester, gehört zur Führungsgruppe der englischen Organisation. Er hat praktisch uneingeschränkten Zugang zu allen wichtigen Papieren."

„Warum steigt er nicht aus, wenn er diese Geschäfte ablehnt?"

„Er war ein fanatischer Anhänger der Kirche, jetzt ist er ein genauso fanatischer Gegner. Er glaubt, daß er der Kirche mehr schaden kann, wenn er sie von innen heraus zerstört. Es war ein glücklicher Zufall, daß er mich trainiert hat."

Sigi kam aus dem Postamt und streckte einen Daumen in die Höhe. „Unsere Maschine fliegt um achtzehn Uhr."

„Wir sollten nicht zu früh in Heathrow sein", sagte ich, als wir schon wieder nach Norden fuhren. „Könnte gut sein, daß der Orden des Tempels den Flughafen überwacht."

„Ich hätte nichts gegen ein Mittagessen einzuwenden", schlug Martin Kunstmann vor.

„Wir kennen da eine kleine Stadt", sagte ich.

„Namens Haslemere", ergänzte Sigi.

„Haslemere? Nie gehört."

Ich dozierte: „Haslemere ist ein Kleinod der Grafschaft Sussex. Nicht schön, nicht reich, nicht groß, aber wenn man einmal da ist, möchte man gleich wieder weg."

Kunstmann wunderte sich.

Auf dem Weg zum Pfefferminzsoßenrestaurant erzählten wir ihm von unserem plötzlichen Benzin- und Geldmangel, von ungeheizten Hotelzimmern, von hilfsbereiten Postbotinnen und der unvergleichlichen Eßkultur in Haslemere.

Diesmal nahm ich ein halbrohes Steak, eine absolut ungeeignete Grundlage für Pfefferminzsoße.

Während des Essens berichtete Kunstmann von der Flucht der Norderneyer Reha-Zentrums-Belegschaft.

„Wissen Sie, daß Sie Ihr Leben einer Laune des Wetters verdanken?" wandte er sich an mich.

„Nein. Ich fand nicht, daß das Wetter sehr gnädig zu mir war. Immerhin hat es mir eine schwere Grippe eingebracht."

„In der Nacht, als man Sie auf den Strand gelegt hat, kam es zu einem Wärmeeinbruch und der Wind drehte um hundertachtzig Grad. Dadurch fiel der Tidenhub viel niedriger aus als in den Tagen zuvor. Bei einer normalen Flut wären Sie vom Meer fortgespült worden und ertrunken."

Mir blieb das Steak im Hals stecken.

„Warum haben Sie eigentlich nicht Ihren BMW benutzt?"

Ich machte große Augen. „Meinen BMW?"

„Ja. Er stand auf der Dünenstraße, oberhalb der Stelle, wo man Sie abgelegt hat. Für den Fall, daß Sie vorzeitig aus der Betäubung erwachen sollten, hatte man nämlich die Bremsen gelockert."

„Ich habe ihn nicht gesehen", stammelte ich. „Ich dachte, er sei noch auf dem Parkplatz vor dem Reha-Zentrum."

„Ich weiß nicht, was man meiner Frau erzählt hat. Jedenfalls hat sie Ihren BMW entdeckt, in dem der Zündschlüssel steckte, und ist damit losgefahren."

„Dann wollte man Ihre Frau also gar nicht umbringen?"

„Nein. Die wollten *Sie* umbringen."

XVI

Ich gab den Wagenschlüssel bei der Autovermietung ab, während Sigi und Kunstmann in einer schlecht einsehbaren Ecke des Untergeschosses warteten. Gemeinsam gingen wir dann hinauf, um uns in die Schlange vor dem Abfertigungsschalter zu stellen. In knapp einer Stunde sollte unsere Maschine abfliegen.

Schritt für Schritt näherten wir uns dem Schalter und behielten dabei die Umgebung im Auge. Aber kein schwarzgekleideter Ordensritter machte Anstalten, Kunstmann zu kidnappen, und als wir die freundliche Dame von der Lufthansa erreichten, flog auch der Abfertigungsschalter nicht in die Luft.

Nach der Paßkontrolle verschwand ich kurz im Duty-Free-Shop, um mich mit Pfeifentabak und Zigarillos einzudecken. Als ich zurückkam, war Kunstmann in ein Gespräch mit zwei Männern verwickelt, die graue Trenchcoats trugen und einen wütenden Eindruck machten. Ich straffte die Schultern und beschleunigte meinen Schritt.

„Lassen Sie mich in Ruhe!“ sagte Kunstmann und schüttelte eine Hand ab, die seinen Oberarm gepackt hatte.

„Sie kommen sofort mit!“ sagte der zweite Mann in scharfem Ton.

„Was ist hier los?“ erkundigte ich mich.

Kunstmann zischte abschätzig. „Die beiden Herren möchten mich ins Schloß zurückbringen.“

„Verschwinden Sie!“ sagte ich.

„Sie halten sich da raus!“ meldete sich der erste.

„Ich halte mich nicht raus. Und wenn Sie nicht sofort das Weite suchen, mache ich einen Mordslärm, bis die Polizei erscheint.“

„Die Sache geht Sie überhaupt nichts an“, mischte sich der zweite ein.

„Wie Sie wollen“, sagte ich mit erhobener Stimme, so daß einige Leute stehenblieben und uns beobachteten.

Die beiden sahen sich an. Der erste knurrte: „Geben Sie uns die Papiere, und Sie werden nie wieder etwas von der KAP hören!“

Ich bemühte mich, nicht auf die Aktentasche zu gukken, die Kunstmann in der Hand hielt. „Welche Papiere?“

„Forster hat geredet. Wir wissen alles. Wenn Sie uns die Papiere nicht aushändigen, werden wir Sie bis ans Ende der Welt verfolgen.“

„Hauen Sie ab!“ brüllte ich.

„Das werden Sie bereuen“, sagte der zweite. Und im Gehen: „Wir finden Sie. Verlassen Sie sich darauf!“

„Scheiße“, sagte ich, als wir allein waren. „Das hätte nicht passieren dürfen.“

Kunstmann war kreidebleich. „Sie müssen Forster unter Druck gesetzt haben. Freiwillig hat er das bestimmt nicht erzählt.“

„Kommen Sie!“ sagte ich. „Je schneller wir in Deutschland sind und die Papiere der Polizei übergeben haben, desto besser. Ist die Bombe erst einmal geplatzt, sind wir für die KAP uninteressant.“

Und ich schob Kunstmann zu dem Schlauch, der uns dem zitternden Flugzeug übergab.

Der Start war wie immer eine Folter, und ich entspannte mich erst, als die *Fasten-Your-Seat-Belt*-Lämpchen ausgingen. Kunstmann saß zwischen Sigi und mir und betrachtete den klaren Sternenhimmel.

„Eine herrliche Fernsicht. Überhaupt kein Lichtmüll."

„Lichtmüll?"

„Ja. Sehen Sie, die Spiegelteleskope auf der Erde werden natürlich von dem ganzen Licht gestört, das die Menschen selber erzeugen. Hinzu kommt noch die Atmosphäre. Deshalb erzielen wir weitaus bessere Ergebnisse mit den Teleskopen, die in Raumstationen installiert sind."

„Gibt es denn da draußen noch etwas Neues zu entdecken?"

„Oh ja. Wir erforschen die am weitesten entfernten Galaxien, weil sie sich in einem früheren Zustand des Universums befinden. Wenn das Licht zehn Milliarden Jahre braucht, um zu uns zu gelangen, dann sehen wir die Galaxie in einer Phase, die zehn Milliarden Jahre vor unserer eigenen Zeitrechnung liegt."

Ich brauchte ein paar Sekunden, um das Gesagte zu begreifen. „Ich habe schon von dem Urknall gehört, mit dem das Universum begonnen hat. Wissen die Astronomen eigentlich, wie das alles enden wird?"

Kunstmann lächelte. „Ich bin Astrophysiker, nicht Astronom. Ich erforsche das Weltall nicht, ich werte nur die Daten aus, die die Astronomen mit den Teleskopen erzielen. Aber, um auf Ihre Frage zurückzukommen, das Ende des Universums hängt eng mit meinem Spezialgebiet zusammen, der Schwarzen Materie. Könnten wir die Masse der Schwarzen Materie genau bestimmen, wüßten wir, wie das Universum enden wird. Liegt die Masse unterhalb der kritischen Grenze, dehnt sich das Universum unendlich lange und unendlich weit aus. Liegt die Masse genau auf der kritischen Marke, erreicht das Universum irgendwann einen Zustand, in dem es sich nicht mehr verändert. Hat das Universum eine größere Masse, wird es sich in ferner Zukunft wieder zusammenziehen, bis es eine ungeheuer große Dichte und Energie erreicht hat. Das wäre dann der Beginn eines neuen Urknalls.

In der Zwischenzeit aber, und da gleichen sich alle drei Modelle, werden die Sterne und Galaxien verlöschen, wird sich die sichtbare Materie auflösen, bis nur noch Atome und Elementarteilchen durchs Weltall schwirren. Dann ist es da draußen dunkel, kalt und seelenlos."

„Keine schöne Aussicht", sagte ich.

„Was wollen Sie? Die Menschheit wird viel früher aussterben. Unsere Sonne, die nur ein Stern mittlerer Größe in einem Spiralarm der Milchstraße ist, verglüht bereits in einigen Milliarden Jahren."

„Vielleicht können wir uns bis dahin mit Raumschiffen zu einem anderen Sonnensystem bewegen."

„Jenseits der Lichtgeschwindigkeit? Wohl kaum."

Mir kam es so vor, als würde ich von oben einen Blick auf die Erde werfen. „Fühlt man sich nicht sehr winzig, wenn man sich mit solchen Dingen beschäftigt?"

„Ja. Jeder Astrophysiker hat gelegentlich das Gefühl, daß er nur ein Staubkorn in der unendlichen Weite des Weltraums ist. Manche von uns sind darüber verrückt geworden. ‚Was tat Gott, ehe er die materielle Welt erschuf? Er schuf die Hölle für Leute, die solche Probleme ergründen wollen.' Wissen Sie, wer das geschrieben hat?"

„Nein."

„Der heilige Augustinus in seinen ‚Bekenntnissen'. Augustinus lebte im fünften Jahrhundert. Und die heutigen Kosmologen haben die Hölle noch nicht überwunden."

Wir schwiegen eine Weile, während sich das Flugzeug

durch die Atmosphäre des dritten Planeten unseres Sonnensystems bewegte. Dann sagte Kunstmann: „Wenn die eigene Arbeit darin besteht, Gott überflüssig zu machen, dann sehnt man sich nach einem Halt im Leben. Hat meine Frau eigentlich mit Ihnen geschlafen?"

„Ich ... äh ..."

„Na ja, Sie waren nicht der erste. Unsere Ehe war nur noch das Papier wert, auf dem der Standesbeamte sie quittiert hatte. Bei der Kirche für angewandte Philosophie fand ich den Halt, den ich in meinem Privatleben und in meiner Arbeit verloren hatte. Da gab es klare Ziele und freundliche Menschen, die sich um einen kümmerten. Zu kümmern schienen, muß ich heute sagen, denn im Laufe der Zeit lernte ich die Vorschriften kennen, die genau festlegen, wie Interessierte und Neumitglieder zu behandeln sind. Aber da war ich schon zu sehr verstrickt, um die Kirche noch objektiv beurteilen zu können.

Die KAP hat den Trick raus, wie man Menschen abhängig macht. Nicht durch Drogen, nicht einmal durch einen übermächtigen, gottähnlichen Führer. Stocker blieb, obwohl ihm übernatürliche Fähigkeiten zugeschrieben wurden, ein Mensch. Nein, die Droge ist die Therapie, das Training. Am Ende eines Kurses lechzt man nach dem nächsten, um seine Ergebnisse weiter zu verbessern. In dieser Hinsicht war Stocker, der sich das ganze System ausgedacht hat, wahrhaft genial."

„Und was halten Sie von seinen übernatürlichen Fähigkeiten?" fragte ich.

„Nun, innerhalb der Kirche kursierten die wildesten Gerüchte. Heute halte ich das alles für Mumpitz. Stokker war ein paranoider, überdurchschnittlich intelligenter Schriftsteller, der seine Science-fiction-Geschichten in die Wirklichkeit umgesetzt hat. Die KAP ist, wenn Sie so wollen, ein Disneyland für Psycho-Freaks."

„Mit weitaus schwereren Folgen für die Gesundheit."

„Oh ja. Wenn man einmal auf der Achterbahn mitfährt, hat man nicht mehr die Kraft, auszusteigen. Jede Handbreit Entfernung von der wahren Lehre Stockers bestraft die Gemeinschaft mit Liebesentzug. Ich habe das ja am eigenen Leib erfahren. Man bekommt Angst, in ein schwarzes Loch zu fallen." Er kicherte. „Die gibt's da oben auch." Er zeigte auf das Fenster.

„Wo?"

„Im Weltall. Schwarze Löcher."

Ich verstand nur noch Bahnhof.

Wir landeten gegen 20 Uhr auf dem Düsseldorfer Flughafen, und ich war froh, wieder festen Boden unter den Füßen zu haben. Der schwierigste Teil des Jobs lag hinter uns, im Vergleich dazu war der Rest ein Kinderspiel. Trotzdem blickte ich mich argwöhnisch nach verdächtigen Männergestalten um. Inzwischen konnte man sich nicht einmal darauf verlassen, daß die Typen Schwarz trugen. Und den Zielort unseres Fluges herauszubekommen, durfte selbst für detektivisch minderbemittelte Ordensleute kein Problem sein.

Sigi erriet meine Gedanken: „Glaubst du, daß sie uns hier auflauern?"

„Es kann nicht schaden, wenn wir vorsichtig sind."

„Mein Auto kennen sie bestimmt nicht."

Da hatte sie recht. Ich schlug ihr vor, den Wagen vor die Halle zu fahren, während Kunstmann und ich die Zeit neben dem rollenden Gepäckband vertrödeln würden.

Kunstmann sah Sigi nach und mich dann fragend an. Ich erklärte ihm den Plan.

Als nur noch ein herrenloser Koffer, der vermutlich in Timbuktu erwartet wurde, seine Runden drehte, schlossen wir uns den anderen Passagieren an. Hinter den Glasscheiben der Zollabfertigung spielten sich bereits rührende Wiedersehensszenen ab.

Kunstmann und ich durcheilten die Ansammlung der freudig vereinten Paare und Familien und warfen das Gepäck in Sigis Auto, das mit laufendem Motor im Halteverbot stand. Sigi rutschte auf den Beifahrersitz. Ich legte den ersten Gang ein und gab Gas. Links von uns startete ein anderer Wagen, was nicht allzuviel besagte. Etliche unserer Mitreisenden hatten wahrscheinlich ihre Autos am Flughafen geparkt.

Sicherheitshalber behielt ich die beiden Scheinwerfer im Auge, während ich den Hinweisschildern zur A 52 folgte. Die Scheinwerfer blieben hinter uns, was auch noch nicht viel bedeutete, denn die A 52 ist die direkte Verbindung zwischen Flughafen und Ruhrgebiet.

„Werden wir verfolgt?“ fragte Kunstmann.

„Ich weiß es nicht. Kann auch Zufall sein.“

Bei Ratingen bogen die Scheinwerfer ab.

„Wir haben es geschafft“, verkündete ich. „In zwei Stunden sind wir im Polizeipräsidium von Münster. Und dann hat der Spuk ein Ende.“

Ich durchstöberte Sigis Cassettensammlung und wählte eine mit Tributen an Leonhard Cohen. An die zwanzig Musiker und Gruppen hatten sich mit unterschiedlichem Erfolg an den Songs von Cohen versucht. Und zu *Hey, that's no way to say goodbye* bogen wir auf die A 43.

Bei Haltern und *A singer must die* hängte sich ein Wagen an unsere Stoßstange. Ein wenig später sagte Kunstmann: „Ich habe nicht den Eindruck, daß sie es schon aufgegeben haben.“

Ich fuhr langsamer, der andere auch. Ein schlechtes Zeichen.

Kurz vor der Ausfahrt Dülmen beschleunigte ich. Unser Verfolger blieb dran. Als wir die Ausfahrt beinahe passiert hatten, riß ich das Steuer herum und nahm die Abfahrt. Der Fahrer des anderen Wagens trat nach einer Schrecksekunde auf die Bremse und versuchte, uns zu folgen. Aber da hing er schon mit der Schnauze vor der Leitplanke.

„Nicht schlecht", sagte Sigi. „Wo hast du das gelernt?"

„Das Detektiv-Fernstudium enthält auch einen Schleuderkurs", sagte ich.

Wir kamen auf die Bundesstraße 51, Richtung Buldern. John Cale sang: *The minor fall, the major lift/ The baffled king composing Hallelujah.* Ich suchte den Rückspiegel nach Autoscheinwerfern ab.

„Paß auf!" schrie Sigi.

Ich guckte nach vorn. Ein Cadillac rollte langsam aus einer Nebenstraße. Ich stieg auf die Bremse. Es war zu spät.

XVII

Das *Hallelujah* von John Cale klang mir noch in den Ohren, aber es hatte einen unguten Unterton, der sich nach Engeln, Tod und Jenseits anhörte. Den Krankenwagenfahrern, die mich festschnallten, erzählte ich nichts davon. Ich glaubte nicht, daß sie dafür großes Interesse aufbringen würden. Vermutlich kreisen die Gespräche mit Schwerverletzten sowieso immer um dieselben Themen. Deshalb beließ ich es bei einem unartikulierten Stöhnen.

Während der Fahrt betrachtete mich eine junge weißbekittelte Frau mit sorgenvoller Miene. Sie füllte das Blut nach, das irgendwo aus mir herausfloß, und überprüfte ab und zu meinen Puls. Der Fahrer heizte wie ein Berserker, und ich fragte mich, ob nicht viele Menschen aus purer Angst vor einem neuen Unfall auf dem Weg zum Krankenhaus sterben.

Ich startete einen Versuch, mich nach Sigi und Kunstmann zu erkundigen, brachte aber nur ein Gurgeln heraus.

„Sie dürfen nicht reden", sagte die Frau streng. „Bleiben Sie ganz ruhig liegen!"

Mehr hatten wir uns nicht zu sagen, und so dämmerte ich den Rest der Strecke vor mich hin, gelegentlich aufgerüttelt durch die rallyemäßige Kurventechnik des Krankenwagenfahrers.

Auf der Rollbahn zwischen Wagen und Klinik machte mich die kalte Luft noch einmal wach, aber als ich dann auf dem OP-Tisch lag, war es mit der Konzentration endgültig vorbei. Ich sackte weg, in ein süßes, leicht nach Krankenhauschemikalien riechendes Nichts.

Als ich wach wurde, hatte ich einen guten Überblick über Münster. Ich lag in einem der Türme der Universitätsklinik, etwa 20. Stockwerk. Ein paar Apparate summten, tickerten und brummten. Ich war verdrahtet und verkabelt und kam mir vor wie eine Relaisstation. Langsam drehte ich den Kopf zur anderen Seite. Durch eine Glasscheibe sah ich Klaus Stürzenbecher, der sich mit einem Arzt unterhielt. Ich hob den Arm zum Zeichen, daß ich gesprächsbereit sei. Stürzenbecher und der Arzt diskutierten angeregt. Ich winkte. Endlich sah Stürzenbecher zu mir herüber. Er drückte dem Arzt hastig die Hand und kam herein.

„Na, alter Junge! Diesmal hat's dich aber schwer erwischt."

Ich grunzte.

„Vielleicht interessiert dich, wie es den anderen geht: Sieglinde Bach hat nur leichte Verletzungen, Martin Kunstmann ist schwerer verletzt, wird aber durchkommen."

„Was ist mit mir?" fragte ich.

Stürzenbecher hatte nicht verstanden. Er beugte sich zu mir herab, und ich wiederholte die Frage.

„Die Ärzte wissen noch nichts Genaues. Sie wollen die nächsten Untersuchungen abwarten."

Ich schloß die Augen.

„Aber es besteht durchaus Grund zur Hoffnung."

Ich winkte mit der Hand sein Ohr vor meinen Mund. „Der Koffer", flüsterte ich.

„Koffer? Welcher Koffer?"

„Aktenkoffer. Papiere der KAP."

„Man hat keinen Aktenkoffer mit Papieren gefunden.

Aber ich kann die Unfallstelle noch einmal absuchen lassen. Vielleicht ist er ja herausgeschleudert worden. Sind die Papiere wichtig?"

„Sehr wichtig. KAP kaputt."

Stürzenbecher grübelte. „Ich fürchte, du mußt die Papiere abschreiben. Ein Bauer, der den Unfall beobachtet hat, hat nämlich etwas sehr Merkwürdiges zu Protokoll gegeben. Er sagte, daß kurz nach dem Unfall ein Auto gehalten habe. Zwei Männer seien ausgestiegen und zu eurem Wagen gegangen. Sie hätten die Wagentüren geöffnet und hineingeschaut. Zuerst glaubte er, daß die beiden euch helfen wollten, aber dann seien sie zu ihrem Fahrzeug zurückgerannt und schnell davongefahren. Wenn mich nicht alles täuscht, hat sich die KAP die Papiere zurückgeholt."

Als nächste kam Sigi. Sie trug ein schwarzes Kleid und einen weißen Kopfverband. Sie stand lange am Fenster und guckte hinaus. Als sie sich umdrehte, waren ihre Augen ein bißchen glasig. Ich wackelte mit dem Kopf, und sie setzte sich aufs Bett.

„Es wird schon wieder, Georg."

Ich flüsterte angestrengt.

„Was hast du gesagt?"

„Nächste Woche im Büro."

„Vielleicht auch übernächste Woche."

Dann legte sie sich auf meinen gesunden Arm und heulte.

XVIII

Sigi besucht mich jeden Tag. Sie trägt jetzt immer helle Sachen. Wahrscheinlich möchte sie nicht so düster wirken. Ihren traurigen Gesichtsausdruck kann sie trotzdem nicht wegschminken. Sie erzählt mir Geschichten aus der Firma, das Detektivbüro führt sie nämlich in eigener Regie weiter. Ihren Berichten zufolge ist sie ganz erfolgreich, mit Unterstützung von Koslowski und Eger natürlich.

Die Ärzte halten sich bedeckt, was meine Heilungschancen angeht.

Einige innere Organe seien in Mitleidenschaft gezogen, sagen sie. Sie müßten die Bauchdecke aufschneiden, um sich die Sache mal näher anzugucken.

Gleich soll die Operation stattfinden. Man hat mir bereits eine Beruhigungsspritze gegeben.

Sie kommen.

Jürgen Kehrer

In alter Freundschaft

Kriminalroman
141 Seiten, kt., DM 14,80
ISBN 3-89425-020-8

Bei keinem der drei Aufträge, die Privatdetektiv Georg Wilsberg nahezu gleichzeitig erhält, kann er brillieren. Ob es sich um die nach Holland ausgerissene minderjährige Bürgerstochter Tanja, die verschwundene Ines, Georgs große Liebe von einst, oder um den bestohlenen Disko-Chef Carlo Ponti, einen alten Freund, handelt: der nunmehrige Second-Hand-Kaufhausbesitzer kriegt reichlich was auf die Rübe, körperlich wie mental. Tröstlich für Georg, daß wenigstens Hauptkommissar Klaus Stürzenbecher ihn nur vorübergehend für den Mörder hält.

Jürgen Kehrer

Und die Toten läßt man ruhen

Kriminalroman
166 Seiten, kt., DM 14,80
ISBN 3-89425-006-2
4. Auflage

Georg Wilsberg ist Privatdetektiv. Doch da die Detektei nicht einträglich genug ist, um davon leben zu können, betreibt er nebenbei einen Briefmarken- und Münzladen. Wilsberg soll einen Mord aufklären, der 20 Jahre zurückliegt. Allerdings glaubt außer dem Bruder des Toten, Wilsbergs Klienten, niemand an Mord, weder die Witwe noch die Polizei. Wilsberg nimmt den Auftrag trotzdem an, in der Hoffnung auf ein paar hundert leichtverdiente Mark. Schon bald stößt er auf polizeiliche Schlampereien und etliche Ungereimtheiten. Als er dann noch von einem Unbekannten überfallen wird, ist auch er davon überzeugt, daß bei dem Tod des hochangesehenen Münsteraner Bauunternehmers nicht alles mit rechten Dingen zuging.

"Der Autor...versieht seine Geschichte mit allen wesentlichen Elementen der crime-story, die man aus der amerikanischen Tradition seit Hammett und Chandler kennt." (Westfälische Nachrichten)
"...eine Story vom Feinsten...: garantiert unmoralisch und zynisch, antibürgerlich und unsozial, aber nicht dumpf-gewalttätig, dafür jedoch dramaturgisch perfekt bis aufs i-Tüpfelchen." (Leo's Magazin)

Ard/Bieber/Breinersdorfer/ Diesmann/Eik/Flieger/Göhre/ Junge/Karr/Kehrer/-ky/Kuták/ Lens/Liedtke/Mohr/Nikula/ Randow/Schmidt/Illner/ Schumacher/Wehner/Wolf u.a.

Good bye, Brunhilde

Kriminalgeschichten

ISBN 3-89425-023-2

Jahrhundertelang konnten die Männer nach Herzenslust ihren Mordgelüsten frönen. Dann kamen die Frauenbewegung, die Gleichstellungsbeauftragten und die Frauenkrimis.

Von ihren Kaffeekränzchen und Selbsterfahrungsgruppen angestiftet, entledigen sich Frauen zumeist aus niedrigen Gründen ihrer Ehemänner oder Liebhaber. Männer dagegen morden immer aus edlen Motiven: aus Liebe zu einer schönen Frau, aus Achtung vor Edelmetallen und Wertpapieren, aus Verehrung höherer Prinzipien wie Nachruhm oder Vaterlandsliebe.

»Rache für Bruno. Wir lassen uns das Morden nicht verbieten!« So lautet die tapfere Botschaft von 24 Männern in einer Welt, die zunehmend von femininer Grausamkeit und matriarchalischem Gemetzel beherrscht wird.

grafit